이놈의
사랑

이놈의 사랑

발행일   2017년 10월 27일

지은이   소쿠리씨
펴낸이   손 형 국
펴낸곳   (주)북랩
편집인   선일영   편집   이종무, 권혁신, 전수현, 최예은
디자인   이현수, 김민하, 한수희, 김윤주   제작   박기성, 황동현, 구성우
마케팅   김회란, 박진관, 김한결
출판등록 2004. 12. 1(제2012-000051호)
주소   서울시 금천구 가산디지털 1로 168, 우림라이온스밸리 B동 B113, 114호
홈페이지 www.book.co.kr
전화번호 (02)2026-5777   팩스   (02)2026-5747

ISBN   979-11-5987-826-8 03810 (종이책)   979-11-5987-827-5 05810 (전자책)

운명의 절벽에 몸을 맡긴
두 남녀의 치명적인 사랑 이야기

소쿠리씨 장편소설

이놈의
사랑

북랩 book Lab

작가의 말

　나의 의도는 여주인공 이혜미의 삶과 사유에 그대로 녹아 있다. 그녀는 인간들이 누리는 삶 자체가 무의미하여 덧없고 찰나에 불과한 것들인데, 사람들이 거기에 생각을 불어넣고 가치를 부여하여 애써 의미로서의 세상을 창조하려 한다고 믿고 있다. 그래서 그녀의 몸짓은 우울하고 비관적이다.

　어려서 엄마를 여의고 언니마저 잃게 된 그녀는 목사인 아버지의 설교를 들으면서 자라났다지만 어떠한 사랑도, 가족으로부터 느끼는 평안함도 그녀에게는 없었다. 그녀는 자신의 주위를 감돌고 있는 부조리에 절망하여 자살을 결심한다.

　남자 주인공인 고진수는 쾌활하며 낙천적이다. 그는 어린 시절부터 홀어머니와 살면서 어렵게 가수로서의 꿈을 키웠다. 비록 많이 배우지 못했고 일찌감치 밤무대 무명가수의 삶을 살아왔지만 밝고 긍정적인 생활은 함으로써 자신이 노래를 아름답게 빗어낼 수 있었다.

　세상을 긍정할 수 없었던 이혜미는 유럽에서 고진수와 마주치는

데, 사랑의 영원성과 삶의 아름다움을 노래하는 그의 순수한 마음과 낙천적 몸짓에 빠져들며 서서히 세상을 달리 보게 된다. 그녀를 한눈에 사랑하게 된 그의 순수한 열정에 녹아들어 점차 그를 닮아가는 자신의 모습을 보는 것이다.

그러나 그들의 사랑은 뜻하지 않은 일에 맞닥뜨리게 된다.

이야기는 여기서 끝나지만 여자는 곧 깊은 절망에 빠질 것이다. 그녀가 바라보는 세상은 우울과 부조리 그 자체였다. 그를 통해 또 다른 새로운 세상이 있을 수 있음을 깨닫고 희망과 기쁨의 감동을 누렸지만 그녀는 또다시 원래의 자기로 돌아가는 것이다.

나의 생각은 그렇다. 세상은 그다지 의미가 없고, 오직 한때만을 살아가는 찰나의 덧없는 존재가 인간이고 삶이라는 것을.

이것을 새로이 각성한 이혜미는 평소에 품었던 자살을 떠올릴 게 분명하겠고 이번에는 틀림없이 실행에 옮겼으리라 본다. 그녀의 말마따나 그래 봐야 세상은 아무 일 없었다는 듯이 고요히 흘러갈 게 빤하겠지만 말이다.

그렇다면 이 소설의 주된 주제도 그러할까? 그렇다고 한다면 처음 그녀가 그를 만났던 그때에도 자신의 자살 충동을 결코 멈추지 않았을 것이다.

이야기가 던지는 속뜻은 인간으로서 살아갈 만한 세상을 우리 인간들이 만들어 나가자는 데 있다. 불의와 부조리, 거짓과 탐욕이 판치는 세상 속에서 힘겨워하는 사람들이 정의와 사랑의 사람들을 만나 치유되기를 바라며 쓴 소설이다. 진정 이러할 때 세상을 비관하며 우울해 할 사람들이 누가 있을까?

하지만 이것은 보편적이지 않은 꿈같은 얘기다.

또한 일장춘몽의 삶을 알면서 어찌 한탄하는가.

2017년 10월

소쿠리씨

차 례

작가의 말

1장

바람과 구름

여자는 갑판 끄트머리에 위태롭게 서 있었다.

그녀의 자세를 시늉하듯 몸을 기울이니 하얀 물거품이 솟구치는 검푸른 바다의 저 거친 물살 속으로 내 몸이 휩쓸려 떠내려갈 것만 같다. 그러나 여자는 아무렇지도 않은지 난간에 기댄 채로 언제까지고 바다를 바라볼 듯이 하고 있었다. 그러던 그녀가 까부는 바람에 얼굴이 쓸려 성가시다는 듯 나를 흘겨보았고, 뜻밖의 일이라 나는 슬그머니 아무렇게나 고개를 돌려버리고 딴청을 피워야 했다.

떠나간 사람들의 잊힌 이름이 별안간 떠오르기라도 한 것일까. 그래서 저 부풀어 오르는 물거품처럼 누군가에게 들려줄 이야기가 마음속에서 부글부글 끓어오르기라도 한 것일까. 그렇듯 옛 생각에 일렁이는 낯빛이 되어 나를 노골적으로 쳐다봤을지도 모른다. 아, 그게 아니다.

여태까지 은근슬쩍 훔쳐본 것을 그녀가 눈치챈 게 아닐까? 허어, 이런….

나는 먼발치서 여자의 몸짓 따라 물가에 죽 늘어선 집들과 부두의 낭만을 바라보았고 엘베 강어귀에 펼쳐진 함부르크 북해의 자연을 즐거워했었다.

하얀 뭉게구름이 여기저기 더없이 푸르른 하늘에서 내려와 물살을 가르는 배들의 돛이라도 되려는 양 바람을 몰아가며 뒤따르고 있다. 간밤에 내린 비로 더욱 이럴 테지. 여자는 바람에 살랑거리는 긴 머리카락을 목젖 아래 움켜쥐고는 뱃머리 갑판에 자리한 의자에 살며시 돌아앉는다. 아마도, 잠시 파문을 일으켰던 그 눈길은 바람결에 스치는 감촉의 보푸라기 같은 것일 게다. 이걸 다행이라 해야 할까?

자주색 블라우스와 쫄바지에 감청색 외투를 걸친 그녀는 어제보다는, 그리고 아까보다도 밝아 보였다. 살짝 눈이 부실 텐데도 선글라스를 끼지 않고 있다. 어제, 소낙비가 퍼붓는 우중충한 날씨에도 좀처럼 눈빛을 드러내지 않았던 그녀였지 않은가. 그러나 이것이 별나거나 까다롭다기보다, 홀로 여행을 즐기려는 우울한 여자의 낭만으로 내게 비쳤었다. 여자는 우연히 마주친 쇼핑몰에서 혼자 옷을 고르고 있었고, 점원과 스스럼없이 대화를 나눌 정도로 이곳 언어에 익숙한 여행객의 모습이었다.

그러니까 어저께의 일이다. 여기까지 왔는데, 이곳 별미를 맛보자 싶어 눈을 부라리며 햄버거 가게를 찾아다녔을 때다. 휴대전화를 이리저리 치켜세워가며 헤매는 와중에 그녀와 처음 마주쳤었다.

여자는 차갑고 딱딱한 돌계단 끝에 초라하게 엉덩이를 붙이고 앉아 있었다. 그곳에는 붉은 벽돌로 지어진 오래된 예배당을 지나는 개천이 있었고 유람선이 이끼가 낀 벽돌집 사이를 떠가고 있었다. 여자는 어깨를 잔뜩 움츠렸고 고개를 푹 떨어뜨린 채로 어두운 빛깔의 돌바닥을 멍하니 바라보고 있었다. 아니, 뭔가를 골똘히 고뇌하는 기색 같기도 하였다. 머리카락에서 흘러내렸을 선글라스를 주울 생각조차 하지 못하고 있었으니까. 여자의 겹쳐진 치맛자락은 무릎 위에서 아래로 처졌고 긴 머리카락은 추워 보이는 장딴지 근처에서 흔들거렸다.

나는 무슨 영문일까 싶어 주위를 둘러보았다. 왜 저러고 있지? 여자는 극동인, 그것도 같은 한국인일 거라는 생각이 들었지만 다가가서 물어볼 엄두를 내지 못하였다. 그녀는 얇은 여름옷 차림이었고 어깨에 걸친 손가방이 전부였다. 찜통처럼 푹푹 찐다는 한국에서 갓 들어왔다고 하더라도 갑자기 추워진 이곳 날씨에 아랑곳없다는 듯, 저리 나다닌다는 사실이 의아하였고 묘한 경계감마저 일었다. 잘츠부르크에서 황급히 사 입은 두툼한 점퍼에다 무거운 배낭을 짊어진 내 모습과 달리, 그녀는 다른 별에서 날아온 존재처럼 여겨질 만했다. 그리고 다가가기에, 그녀는 너무 예뻤다.

후드득, 빗방울이 얼굴을 때렸다. 나는 얼른 우산을 펴들었고 꿈쩍도 하지 않던 그녀는 입술을 짓누르던 손가락을 까딱하였다.

그래 좋았어! 비가 오는데도 내버려두면 사내자식이 아니겠지?

니는 그쪽을 향해 갠걸음을 히었으니 선글라스를 집은 그녀는 바로 뒷모습을 보이며 계단을 뛰어올라 교회 문 쪽을 향하고 있었다.

'붕…' 여객선이 뱃고동을 울린다. 여자의 모습이 보이지 않는다. 잠시 시선을 피한 사이에 자리를 떠난 것이다. 나는 서둘러 둘레를 살폈다. 어제부터 우연히 몇 차례나 마주쳤다는 그 사실에 슬며시 인연이기를 바랐다가, 이제는 거리낌 없이 그녀를 쫓는 몰골이 되어 버린 건 아닐지?

나는 여자가 기착지에서 내릴 거라는 생각을 전혀 하지 않았다. 분명 나처럼 강어귀를 폼나게 한 바퀴 도는 관광일 테니까. 오리 떼가 헤젓고 다니는 수면으로 요트의 깃발들이 시원하게 다가왔다. 그러나 잠시 후, 여자는 배가 나루터에 닿자마자 뒷모습을 보이며 내리는 승객에 휩쓸려 떠나갔다. 아뿔싸.

그래, 접자. 아쉽긴 하다만 어쩌겠나. 영어를 술술 풀어내는 거로 봐서 중국계 홍콩 사람일지 모른다. 가방끈이 짧은 나와는 어차피 대화가 안 될 테고. 허어, 제기랄….

그러나 머릿속은 이리저리 위안거리를 되작거리면서도 몸은 사람들 틈을 비집고 개헤엄 치듯 허우적대고 있었다.

"저기 잠시만요. 좀 내립시다."

어딘지도 모르고 내린 그곳에는 입이 쩍 벌어질 만큼 아름다운 푸른 초원이 활짝 펼쳐져 있었고 오래 묵은 나무들이 군데군데 하늘을 찌를 듯 우람차게 뻗어져 올랐다. 잔디밭에는 소풍을 나온 사람들이 드문드문 모여앉아 벌써 겨울빛을 닮아가는 팔월의 햇볕을 흠뻑 적시고들 있었다.

젠장, 그새 사라지고 없네, 없어.

어디 머물 데라도 있었더냐? 높디높은 검푸른 하늘 아래 흘러가

는 뭉게구름처럼 내 마음에 아련한 여운을 남기고, 여자는 가버렸
다. 훌쩍.

나는 바다를 바라보다가 한 남자를 건너다보았다.

바다와 하늘이 온통 푸르렀고 하얀 뭉게구름이 더욱 하얗게 나에게로 다가오는 이 희열을 어쩌지 못해 얼떨결에 그에게로 눈길이 향했었다. 난간에 두 팔을 버티고 바람을 맞던 남자는 황급히 고개 돌려 나를 못 본 체하였다. 선글라스를 꼈으니 그냥 시치미 뚝 떼고 있어도 괜찮은 것을 저러니 더욱 의심이 갔다.

간밤에 내린 비가 세상을 한결 빛나게 만든다. 인생사는 이러하지 않더라도 더러 이런 자연에 깃들어 심신을 눅여 보는 것도 괜찮은 하나의 방편일 거라는 생각이 든다. 이래서 사람들이 만사를 제쳐놓고 부는 바람 따라 이리저리 여행을 떠나고들 하는 거겠지.

저 푸른 하늘처럼 하얀 구름처럼, 그리고 이 싱그러운 바람결처럼 사람들도 그렇게 살아갈 수 없는 것일까.

사실, 그저께 공항에 내려 예약한 호텔에 묵었을 때만 해도 자살 결심이 흔들리지 않았었다. 여기 독일을 선택한 이유도 어릴 적 내 살던 곳을 돌아보며 엄마의 흔적을 더듬어도 보고, 그리고 미런 없이 이 세상과 작별하려고 했었다. 더러운 기억의 인간들이 머무는 한국 땅에서 더러운 소문을 안고 죽어 가고 싶지가 않았다. 장례식장에서 얼마나 수군댈까. 비련이라느니 실연의 후유증이라느니, 결국 남의 죽음을 코앞에 두고 자기들 방식의 뒤풀이를 하지 않겠느냐.

그리되든 아니든 생각만으로도 불쾌해져서, 나는 낯선 이곳에서 소리소문없이 행려병사자보다 더한 죽음을 맞고자 했다. 여권도 없애고 언니에 대한 죗값도 치를 겸 물이 흐르는 곳, 언니가 죽은 차가운 강물보다 더한 시궁창에서의 죽음을 맛보려 했다. 시체가 썩고 문드러져 지문도 사라지고 나라는 존재의 흔적을 찾기 힘들 때쯤 하수구를 청소하다가 우연히 발견할지도 모르지. 그래서 그대로 긁어 내버리거나 무연고 묘에 가매장되어 한 줌의 먼지로 돌아가겠지.

그랬던 나의 비장한 결의가 묘하게도 번번이 따라다니는 저 남자의 그물에 걸려 마음이 자꾸 머뭇거려졌었다. 그저께 밤에는 묵으려는 호텔 부근의 길목에서 그와 부딪힐 뻔했고, 그때 그는 무거워 보이는 배낭을 메고 길을 찾아 헤매는 듯 허둥대며 그대로 가버렸었다. 어제는 식당과 쇼핑몰, 길거리에서 그리고 자전거대회를 치르는 인파 속에서도 그의 모습이 내 눈에 띄었었다.

우연일까. 아니면 노골적으로 내 뒤를 캐는 걸까? 나는 그가 흰눈피는 틈을 타 더 얼른 자리를 떴었다. 이치피 내려야 힐 특껵지였다.

나는 엄마가 살았다는 주택가를 한 바퀴 돌아보았다. 그때는 내 또래의 꼬마들이 함성 지르며 뛰놀고 그랬던 것 같은데 지금은 인적이 끊겨 사람이 거주하는 동네가 맞을까 할 정도로 스산하다. 다들 돈 버느라 빌딩 숲에 머무를 시간대라 이럴지도 모르겠다. 어쨌든 이처럼 고요하고 쾌적한 분위기의 마을에서도 삶을 감당하기 힘들어 아등바등 살았을 엄마를 생각하면 지금도 가슴이 미어진다.

나는 이제 마음이 바뀌었을까. 죽으려는 절망에서 살려는 의지로 돌아섰을까. 아직까지는 아무것도 모르겠다. 사람들은 죽음을 두려워하는데, 그럼에도 누구나 죽어 가는데, 굳이 자살을 나쁘게 볼 이유가 있을까. 두려움을 떨치고 죽을 수가 있는데, 어차피 누구든 죽어 가야 하는데, 그러니 말이다.

아니, 정신병이라거나 생활고와 질병 따위에 바싹 엎드린 부질없는 짓이라는 세상의 모든 억측에 대해 한발 물러서더라도 자살의 심정만큼은 뜨겁게 안아 주어야겠다. 가해자이거나 세상의 모든 환멸까지도 풀어헤치고 용서하려는 마음으로 떠나려는 것일 테니. 그것이 설령 끝까지 저항하려는 용기가 모자라서 그렇다고 할지라도 말이다. 그리고 더러는 뉘우친과 부끄러움의 결과로 치르는 인간적 속죄일 테니까. 인간은 본래 고독한 존재다. 그러니 너무 고통스럽고 힘에 겨울 때는 자기 실존을 증명하는 결단을 내릴 수 있어야 하지 않을까.

자살을 수긍한 쇼펜하우어는 그 깊은 심정에 무엇을 담았던 것일까? 비록 그의 주장이 무색하게, 살던 도시에 전염병이 돌았을 때 자신이 가장 먼저 그곳을 떠났다지만 그것은 자살과는 무관한 것이다. 또한 아무리 죽음을 긍정한다지만 고작 박테리아 따위의 것들에게 자기 생명을 빼앗길 수야 없지 않겠나.

필시 죽는 것보다 못한 삶을 마침내 끊고 너무도 견디기 힘든 고통에서 자유로워지고 싶어 자신이 왔던 곳으로 되돌아가는 길을 선택한 이들에게, 성경의 율법에 매인 데서 구원을 이루어 자유케 하려는 그런 숭고한 뜻이었겠지. 그렇게 두둔해 주고 싶다.

나는 돌아갈 배를 타기 위해 선착장으로 향했다. 그때 마침 한국 노래가 기타 반주와 함께 들려왔다. 그것은 감미로웠으며 내 발걸음을 돌려놓을 정도로 선율이 아름다웠다. 가까이 다가갈수록 노랫말이 내 가슴을 두근거리게 만들었다. …노래가 끝났나? 현란한 연주 솜씨를 뽐내는가 싶더니, 되풀이하여 노래를 부르고 있다. 아, 그것은 어릴 때 보았던 강기슭의 붉은 노을이, 그 기억이 불쑥 건져져 내 심장을 마구 두드리며 물을 뚝, 뚝 떨어뜨리는 것만 같았다. 뭔가에 이끌리는 듯 노랫소리 따라 바윗돌을 지나 고목 너머로 다가간 나는 깜짝 놀랐다. 바로 그 남자였다.

나는 돌아갈 배가 오는 시각을 알아놓고서 구석구석을 돌아다 녔다. 오늘이 이곳 함부르크에서 머물 마지막 날이니만큼 대충 흘 려보내고 싶지가 않았다. 수돗가에서 모처럼 공짜 물을 실컷 마시 고 나니 왠지 허탈해졌다. 이곳은 그야말로 자연을 벗 삼을 사람 들이나 다정한 연인들이 올 법한 데지, 나 같은 이방인이 머물기에 는 금세 심심해질 만한 곳이었다. 나는 아까운 세월을 허비할 수 없다는 생각에 노랫말을 억지로 끄집어내려고 애썼다.

나는 물레방아가 돌아가는 연못가 긴 의자에 걸터앉았다. 그러 고 보니 이곳에는 석탑이 세워져 있고 건너편으로 누각까지 지어 져 있다. 낯선 곳에서 만나는 친숙한 분위기에 나도 모르게 흥얼 거렸다.

내 마음속의 모퉁이, 고개 내미는 여자가 있다.
새하얀 손짓으로 선뜻 나를 부르다가 숨다가
아렴풋한 모습 보이며 춤추듯 하느작거리니,

어제 본 산마루의 안개가 저러했더냐.
그것이 뭐냐면, 나는 서러운 눈빛을 보내다가
저 희끗한 여자의 기척에 기억을 더듬다가
내 마음속의 낯선 여자를 놓쳐
여기가 어딘지 헛되다는 것이 무엇인지를.

나는 짐짓 술잔을 든 시늉으로 취한 듯 벌컥벌컥 들이켜 보았다.
그러다가 방금 떠올린 착상이 기발하다는 생각에 얼른 휴대전화
를 꺼내 들고 노랫말을 더듬었다.

아냐, 아니지. …아 참, 이게 아니었는데?

이때, 어디선가 기타 소리가 들려왔다. 나는 자리를 박차고 벌떡
일어나 그곳으로 달려갔다. 개구쟁이로 보이는 독일 청년 몇몇이
장난치듯 놀면서 기타를 마구 두들기고 있기에, 나는 어쭙잖은 영
어와 몸 언어를 동원해 기타를 잠시 빌렸다. 연주를 핑계로 속 시
원하게 소리치고 싶었다. 제대로 말도 못하고 돌아다니는 이국의
여행에 더러 분노를 쌓고 있었는지도 모르겠다.

어라? 자슥들이 엉망인데? 흐트러진 음률을 조현하느라 잠시 버
벅대자 그들이 비아냥거리듯이 낄낄거린다. 나는 더 이상 지체하
기가 뭣해 기타 줄을 퉁겼다. 그리고 내게 처음으로 가수라는 이
름을 안겨 준 '겨울빛'이라는 노래를 불렀다.

저 강 비탈에 서서 내게 눈빛 보냈지요.
철없어 피는 꽃, 꽃잎이 이맘때 날리었을까
눈가에 물든 노을이 서산마루에 번질 즈음,

싸르륵 낯짝을 할퀴는 겨울 빗발에 숨 막혀
나는 어뿔싸 도깨비불 만나고
이파리에 숨어 떠는 작은 새 가슴 보았지요.

그랬답니다.
저 뽀얀 석양이 쏙 기울어 버려
마침내 비탈진 언덕을 걷는 한 발짝마다,

날 선 흔적이 시퍼렇게 베어져
별빛에 깃 파묻는 삼라만상의 몰락처럼
아릿한 눈빛마다 서리 내리듯
내 돈는 살갗에 쨍, 하고 박혔답니다.

노래가 끝나자 청년들이 일제히 "와우!" 하며 박수를 보냈고 내게 악수까지 청해왔다. 앙코르 세례에 어깨를 으쓱대며 기타를 건네주고 돌아서는데, 내 앞에 여자가 우두커니 서 있었다.

"아고, 깜짝이야!" 나는 뜻밖이라 놀랐고 덩달아 그녀도 몸을 움츠렸다.

순간적으로 몸이 얼어붙는 기분이었다. 결국은 이처럼 여자와 맞대었다는 사실이 믿기지 않았다.

"아, 안녕하세요?"

인사를 하는데도 여자는 말없이 서 있기만 하였다.

"저기, 한국 분이시죠?"

"…네."

그제야 겨우 대꾸하는 여자의 이 한마디에 내 마음이 출렁거렸다. 숲속의 요정처럼 홀연히 나타나 심장을 요동치게 만드는 이 여자 앞에서 어찌해야 할지를 몰라 순간 막막하였다.

"이거, 반갑습니다. 어휴! …이런 데서 한국 사람을 만나다니요."

긴 한숨을 내쉴 정도로 들떠 허둥댔었나 보다. 반가운 마음에 손을 내밀자 여자는 멈칫 물러서더니 떨떠름한 표정을 지어 보인다. "미안합니다." 그러고는 바로 휙 돌아서서 가 버린다.

나는 황급히 그녀를 쫓았다. 운명의 여신이 내 등을 떠민다고 생각했다.

"저처럼 여행 중이신가 봐요?"

그녀의 걸음보다 두어 발짝 앞서 뒷걸음치듯 걸으며 그녀의 눈길이 내게 닿게 하려고 애썼다.

"그러고 보니 어디서 많이 뵌 분 같습니다. 어디서 봤더라? 누굴 닮으신 것 같기도 하고…"

나와 마주친 그녀를 향해, 무언가 인상에 남을 만한 모습을 보이려고 애를 쓸수록 되레 머릿속이 하얗게 비워지는 바람에 자꾸 허둥대기만 하였다.

"제가 어젯밤에 돼지꿈을 꿨습니다만. 하하, 실제로 이리 멋진 일이 닥칠 줄은 미처 몰랐습니다."

없었던 꿈까지 끌어들였지만 여전히 내게 눈길조차 주지 않아 짐짓 주눅이 들었다. 혹시나 그녀의 귀가 솔깃해지지 않을까 싶어 비장의 무기를 꺼내는 심정으로 노래를 들먹였다.

"제 노래가 어떠했습니까? 자랑처럼 들리겠지만 아까 그 노래는…."

"저기요."

여자는 두서없이 주절대는 내 말을 가로막았다. 그러나 그래 놓고는 더 이상의 언급 없이, 아까보다는 걸음을 늦춘 채 그저 걷기만 하였다. 분명, 내 말이 듣기 싫어 내지른 소리이리라. 나는 의기소침하여 서서히 그녀의 걸음보다 처져 걸었다. 그렇게 선착장에 가까이 이르러서야 여자는 발걸음을 멈추었다.

여자는 바다를 바라보았고, 나는 근처를 배회하다가 눈치를 살피며 주춤 다가갔다.

"바다를 좋아하시나 봐요. 저도…."

"아까, 그 노래 있죠."

그녀가 무심한 표정으로 묻고는 도로 입을 다물기에 나는 조심스레 말을 꺼냈다.

"말씀하세요. 아까 그 노래는, 그러니까 제목이 '겨울빛'이라는 노랜데 발표한 지가 벌써 한 오 년쯤 되었네요. 그 당시 팬의 반응도 좋았습니다."

여자는 내 시선을 외면한 채 여전히 바다를 바라보며 입술을 떼었다.

"노래가, 클래식 연주로 들으면 아름답겠더라고요. 가령, 사중주 같은 거로."

"아, 그렇습니까? 거기까진 생각을 하지 못했네요. 현실적으로야 어렵겠지만."

생각 없이 후딱 내뱉은 내 말에, 여자는 의문의 표정을 지었다.

나를 힐끗 보려다가 눈길을 하늘로 던진다.

그렇게 여자와 나는 물가에 우두커니 서 있었다. 여객선을 기다리며….

아까 부른 노래를 놓고 여자는 띄엄띄엄 훈수를 두었다.

"노랫말이 좋아요. 감상에 치우쳐, 사랑에 베인 차디찬 감정이 자칫 자연의 이미지에 덧없이 묻혀 버릴까 조마조마하긴 했지만…. 하지만 오히려 그래서 제 마음에 쏙 든다고나 할까."

이게 좋다는 소린지? 맞장구 없이 머뭇거리자 그녀는 말을 이었다.

"멜로디가 귀에 쏙 들어오고…."

나는 그녀의 가라앉은 목소리를 귀담아듣겠다는 듯이 슬그머니 다가섰다. 가까이서 본 여자의 얼굴은 더욱더 우수에 젖어 있었다.

"무엇보다 거기 음색이 감미로워요. 말소리는 그렇지도 않던데?"

조용히 읊조리는 그녀를 바라보자니, 마치 풀잎에 맺힌 이슬방울이 내 얼굴에 톡, 하고 묻어오는 것 같았다. 그 쓸쓸한 습기에 젖어 흐느적거릴 뻔하였다.

"못 듣던 노랜데 누가 불렀죠?"

이 소리에, 얼결에 그녀 얼굴을 매만지려던 충동에서 문득 깨어났다.

여자는 내가 불렀다는 사실을 모르고 있었다. 무명의 언더그라운드 가수라 모르는 게 당연하겠지만, 그래도 가수 앞에서 내 노래를 놓고 여러 의견을 말하기에 나를 이끄는 게 싫었다. 착각 속에 잠시나마 우쭐거렸던 기분이 싹 사라졌다. 나는 잠깐 풀이 죽었으나 이 틈바구니를 놓치지 않으려는 욕망이 곧바로 꾸물거렸다. 어떻게든 그녀에게 내 존재를 알려야 했다.

"좀 전에 노래 그거, 오리지널 사운드 트랙으로 들으셨어요. 흠! 그 어렵다는 작곡에다 작사까지 제가 했고요."

여자가 아무 말이 없다. 나는 머쓱해져 다가오는 오리 떼를 향해 손을 쭉 뻗었다. "구구구!" 사람들과 마주치기를 두려워하지 않는 이곳 유럽의 물새들이 신기하기만 하다. 오리 떼들이 귀찮은 듯 저리로 헤엄쳐 간다.

잠시 얘기를 그쳤던 여자는 여전히 차가울 만치 차분한 목소리로 말을 꺼냈다.

"자작 가수예요?"

"아, 예, 그럼요. 이래 봬도 이쪽에선 알아주는 록밴드의 리드 보컬입니다. 팬도 꽤 있고요."

"…그랬구나."

검푸른 물결을 가르며 떠가는 요트 주위로 은빛 알갱이가 쫙 뿌려진다. 나는 또다시 얘기가 끊길 것 같아 주절주절 말을 쏟아 내었다.

"이곳은 보면요. 부산 가덕도의 신항 부근 같습니다. 비슷해. 강과 바다, 항만에, 삼각주, 풀밭 따위가…. 근데 요 동네 지형이 빤하신가 봐요?"

힐끗 눈치를 살피니 여자는 내 말에 맞장구칠 생각이 없어 보였다.

"하기야, 여기가 쪼끔은 있어 보이고 쌈빡하긴 해요. 뮌헨은 진짜로 내가 사는 동네랑 비스름하게 생겨 먹었더라마는…."

이 도시와 어떤 연관이라도 있으려나 싶어 슬쩍 이곳을 띄워 봤지만 여자는 바다를 바라보느라 내 얘기를 흘려듣는 것 같았다. 대체 이 여자는 무슨 사연이 있기에 이다지도 생각이 많은 걸까? 그녀의 딴생각을 지우려고 나는 일부러 호들갑을 떨었다.

"제가 일하는 클럽이 있는데요. 리모델링인지 뭔지 하느라 난리법석을 피우는 통에, 옳거니 이때야말로 절호의 기회다 싶어 후다닥 유럽으로 배낭 여행을 온 거죠. 언제고 모차르트가 살았던 마을을 한 번 떡하니 걷고 싶었거든요."

목소리가 커서일까. 여자가 눈살을 찌푸리는 바람에 다시 의기소침해졌다.

"그래 허겁지겁 맨 먼저로 달려왔는데…, 근데 뭐 그다지, 그랬어요."

"낙심하셨군요?"

여자가 낙심이라는 단어를 쓰자, 이게 지금 그녀의 심정이지 않을까 하는 생각에 공연히 가슴이 쓰라렸다. 놀라운 일이다. 타인의 감정이 내게로 슬그머니 파고드는 기분에 나 역시 말씨가 가라앉았다.

"낙심…까지는 아니지만 모차르트의 지난 흔적을 가지고 방문객들을 너무 알겨먹는다고나 할까. 물가가 비싸서 먹고 잠자는 것도 여간 아니더라고요."

갑작스레 수그리든 내 목소리에 그제야 여자는 힐끔 돌아보았다. 처음으로 나와 눈길이 마주쳤다.

"여기 독일도 만만찮은데? 그래도 모차르트 때문은 아녔네요."

"아 그럼요. 그분의 음악 세계는 여전히 제게 우상인 걸요. 언제나 그같이 멋진 곡을 만들 수 있을까 하고 꿈같은 공상을 하곤 하죠. 확실히 꿈이긴 합니다. 하하."

여자가 드디어 내게 정감을 품었다는 생각에 금세 기가 살아 들떴다.

"모차르트도 봤으니 이제 어쩔까 하고 있습니다. 여윳돈도 아니, 돈보다도 그놈의 이바구가 힘들어 싸돌아다니기 좀 그러네요. 여기저기 두루 다니며 구경하고 싶긴 한데 말입니다."

사람이 절로 그리워질 만한 하늘의 푸른빛을, 가슴에 담듯이 심호흡하던 그녀가 내 얼굴을 똑바로 쳐다보았다. 쑥물빛을 담근 눈동자가 아득하게 느껴졌다.

"여긴 경치가 너무 좋아 사람들이 죽지도 않겠어요."

"아하하." 경치가 아름다워서요? 그런다고 죽지 않을 리가요.

그렇게 속없는 소리를 내뱉을 뻔했다. 소리 내어 웃다가 움찔하자 여자는 마치 낯선 편지를 찾아낸 표정이 되어 요모조모로 내 얼굴을 뜯어보았다. 그 모습에 한바탕 바람이 일렁거렸다.

"조금 걸을까요?"

기다렸던 여객선이 저 멀리 보이자 여자는 자기 얼굴을 내 쪽으로 살짝 숙이며 속삭이듯 말을 건네었다.

"저기 걷기 좋은 길이 있어요. 거기서 버스 타고, 가다 트램도 타고…"

그러고는 앞서서 걸어갔다.

마침내 그가 독일 청년들에게 기타를 돌려주고 내 쪽으로 돌아섰다. "이 뭐야, 아고, 깜짝이야!" 그가 화들짝 놀라는 바람에 나까지 몸을 움츠렸다.

남자와 가벼운 대화를 나눴다. 오랜만에 나누는 대화여서일까. 한숨이 새어 나오며 조금씩 경직된 마음이 풀려나가는 느낌이었다. 물가의 철새들과 어울리려는 천진한 몸짓이 자연스레 우러나올 정도로 이 남자한테서 순수의 향기가 났다. 더욱이 노래의 시와 선율까지 직접 썼다니까, 만물을 앞에 놓고 세상을 새로이 엮어가는 창작의 그 심성 역시 순수할 게 분명하겠다. 그림자처럼 나를 뒤쫓던 막연한 불안에서 벗어나 마음이 한결 놓였다.

남자의 얘기를 곁에서 듣고 있자니 학식과 식견을 떠벌리는 뭇 인간의 소음에서 탈출한 듯한 상쾌감이 들어 얼굴에 웃음이 배는 기분이다. 하지만 낯선 남자에게 빈틈을 보이기 싫어 새침 떠듯 침느라 오히려 말씨가 차가워졌다. 그런데 이 남자는 내 무엇을 보고 이리도 쩔쩔매듯 얘기하는 거지? 낯선 곳을 떠도는 데서 오는 남자들의 단순한 호기심, 혹은 흑심, 그런 것일까?

"낙심하셨군요?"

남자를 똑바로 쳐다보자 그의 눈빛이 순간 흔들렸다. 아니, 진작 이랬는지 모른다. 이 눈빛이 무엇을 담고 있는지? 옛 남자의 기억이 저절로 떠올라 고개가 갸우뚱거려졌지만 이것이 그때처럼 사랑 비슷한 감정일 거라고는 생각할 수 없다. 언제 봤다고. 아는 게 뭐 있다고.

그런데 남자는 나와 동행까지 하고 싶은 마음을 은근히 비쳤다. 이게 뭐지? 남자라 그런가? 아무리 그렇대도 초면에 무척이나 당돌한 행동이라 봐야 하지 않을까?

나는 마치 남자의 꿍꿍이속을 들여다볼 것처럼 그의 얼굴을 바라보았다. 눈동자가 의외로 맑았다. 푸르른 하늘의 하얀 구름이 거기 일렁이는 것 같았다.

"여긴 경치가 너무 좋아 사람들이 죽지도 않겠어요."

"아하하." 그가 경쾌하게 소리 내어 웃는다.

나는 그와 걷고 싶어졌다. 대화를 나누고 그의 노래도 새삼 듣고 싶었다. 나를 바라보는 남자의 진지한 모습으로 한바탕 바람이 스쳤다.

"저기, 걷기에 고운 길이 있어요."

오솔길에 마른 잎들이 이리저리 쓸려 다닌다. 걷는 내 발등에도 달라붙다가 바로 떠나간다. 아직 나뭇가지에는 푸른 잎사귀가 우거졌지만, 덧없다는 사실을 알아버린 것들이 속절없이 벼랑에 모여 웅성거리고 있다. 나는 이곳에서의 발걸음이 마지막일지 모른다는 생각에 엄마와 살았던 옛 마을을 두 눈에 가득 담으려 했다. 남자는 아까의 소란과는 달리 말없이 내 곁에서 함께하고 있다.

수풀에서 지저귀는 작은 새들의 합창에 내 눈과 귀가 쫑긋한다. 거기 잎사귀를 흔들곤 내게로 불어오는 산들바람에 내 살갗이 간지러워한다. 그런데도 그 온몸의 흥거운 잔치를, 자꾸만 내 의식이 차갑게 억누르고 있다. 마치 오뉴월의 우박이 내 머릿속으로 후드득 쏟아지고 있는 것 같았다.

스스로 생각하기에도 어처구니없는 나의 이 복합적 심리 상태가 두려워져 그를 내 곁에 두려고 하는지도 모르겠다. 나는 짐짓 그의 음악 세계에 대해 여러 가지를 물었다. 가식 없는 그의 대답이 내 마음에 쏙 들어왔다.

"다른 노래는 없어요?"

그가 내게 노래를 불러주었다. 나는 하마터면 울 뻔했다.

나를 위해 노래 불러준 사람이 또 있었나? 길거리서 불러주는 노래에 흠뻑 취한 여인이 또 있었나?

내 곁을 따라 걸으며 속닥거리듯이 들려주는 그의 노래와 몸짓이 내 얼어붙은 가슴에 녹아들고 있었다. 어린아이처럼 단박에 녹지는 않겠지만 봄빛에 얼음장이 녹듯 살살 녹아내리는 것만으로도 숨통이 트이는 기분이었다.

나는 귓가에 맴도는 바람이 간지러워 웃었다. 끝내 참을 수 없이 오래간만에 활짝 웃었다.

나는 여자의 기분을 엿보느라 조용한 사내가 되어 그녀의 그림자를 따랐다. 여자는 걸으면서 길 오른편으로 자리한 주택가의 풍경을 바라보다가 이따금 내게도 슬쩍 눈길을 던지는 것이었다. 뭔가 주저하며 얘기를 꺼내려다가는 그만두곤 하기에, 내가 나서서 분위기를 바꿔 볼까 하는 충동마저 일었다. 그러나 꾹 참고 지켜보기로 했다. 자칫 그녀의 감정을 상하게 할지도 몰라 그랬다.

화장기 없어 청초하기 이루 말할 수 없는 그녀가 말을 걸어왔다.

"노래를 만든다는 자체가 참 신비로워요. 노랫말이야 그렇다지만 어떻게 그 글씨들과 자연을 앞에 두고서 그토록 아릿한 선율을 뽑아낼 수 있을까 하는 것이죠."

벼르고 벼른 끝에 터져 나온 그녀의 감탄이라 나는 서둘러 대꾸했다.

"저는 벌써 고딩 때부터 작곡한 걸요. 저마다 소질 차이겠죠, 머. 저야 일찌감치 공부하곤 담쌓았고 특히 수학은 때려죽여도 하기 싫었거든요. 하하."

말을 내뱉고 나서 아차 싶었다. 고상한 가치의 존재인 양 나를 대했는데도 혹시, 그걸 무시하고 제풀에 차버린 꼴이 된 게 아닐까 했다. 그러나 곧바로 안도했다. 그녀가 처음으로 나를 바라보고 웃었기 때문이다.

마침내 여자는 다정한 이웃처럼 내게 물어왔고 화답하는 내 목소리를 놓치지 않겠다는 듯 내 몸 가까이 달라붙었다.

"다른 노래는 없어요?"

여자는 이 호젓한 길을 걸으며 내 노래를 또 듣고 싶다고 하였다. 아무래도 내게 노래가 없었더라면 이리 쉽사리 다가올 여자가 아니었지 싶다. 다른 노래라…, 그녀의 얼굴을 바라보는데 저절로 노래 하나가 떠올랐다. 몇 년 전에, 뜨겁게 달아오른 한여름의 바닷가를 걷다가 마음속에 깃든 환상의 여자를 불러내어 외쳤던 노랫말이 입가에 흥얼거려졌다.

"제가 일하는 곳이 영산인데요, 거기 앞바다를 배경으로 쓴 곡이 있어 자주 부르게 됩니다. 그곳 본토박이 애들이 흔들고 놀 때마다 앙코르, 앙코르 해대며 어찌나 졸라대던지. 헤헤. 한 번 들어보고 점수 매겨 보세요. 험험."

나는 주위를 힐끗 둘러보고는 쑥스러워서 마치 소곤거리듯이 불러주었다.

내 마음 파도쳐 검푸른 물결이에요
가슴이 노래하네요 태양이 노을져
저기 돛배의 깃발이 펄럭여 파도가 연주하네요
영산 갈매기가 날고 있어 자, 항합의 청년들이여

여기 와서 다 함께 흔들어 보자 청춘! 아야야
모두가 몰래 광장에 모여 봄을 이뤄요
저 표정, 이 몸짓 그리고 오런 노래

아, 저기 검정 원피스의 여인이 계단에 앉았어요
여인의 립스틱에 미소가 묻어나
푸른 선글라스 너머로 눈길을 숨기네요
무엇을 바라보는가
광장의 열기가 바람을 일으켜
돌다리를 뛰어 건너고, 성벽을 기어오르고
성당 벽면에서 스테인드글라스를 이루네요
다채로운 거리의 길모퉁이

우, 마침내 일어서는 여인의 옷자락
거기에 나비가 펄럭여 한줄기 미풍이에요
이 뜨거운 광장으로 날갯짓을 저 나비, 나비!
내 마음 파도쳐요

뚜두두둑! 드럼 두드리는 시늉으로 노래를 끝내고 바라보는데,
그녀는 웃음을 참느라 손으로 입을 가렸다. 여자에게 잘 보이려고
나름 나의 야심작, 손에 꼽을 정도로 각광받는 노래를 선택해서
불렀건만 그게 실책이었다.

"아하하. 이게 말이죠. 이 노래가 힙합 쪽의 댄스곡이라 그룹 연
주 없이는 밍밍하게 들리기도 합니다. 캬, 그 생각을 못 했네요. 하
하."

여자가 급히 손사래를 친다.

"아뇨, 그게 아니라 노래가 신기해서 그랬어요. 세련되고 멋있어요. 너무 황홀해서 활짝 웃고는 싶은데 참느라, 그래서 그랬어요."

"오, 난 또."

나는 여자의 환심을 사기 위해 허풍을 섞어 한참을 떠벌렸다. 그녀는 가수로서의 내 생활보다 창작 활동에 더욱 귀를 기울이는 듯하였다.

"근데 하나 물어볼게요. 아까 왜 저를 기다리셨죠?"

"어머, 제가 언제요?"

"노래 끝났을 때 뒤에 서 계셨잖아요."

"아, 그거요? 기다린 게 아니고, 가까이서 들으려고요."

"그때 저를 아는 눈치던데요?"

"배에서 봤잖아요. 어제도 보였던 남자가 뜬금없이 노래를 부르고 있기에 좀 놀랐죠."

"네. 난 또, 그런 거였군요."

"설마 저를 뒤쫓는 건 아니었죠?"

"아 아뇨, 오해는 마세요. 어제부터 자꾸 우연히 마주치는 바람에 호기심을 불러일으키긴 했지만 일부러 그럴 리가요."

나는 둘러대는 와중에 이것이 운명적 만남일지 모른다는 환상을 그녀에게 넌지시 부추기려 하였다.

"근데 정말로 신기하잖습니까. 그처럼 마주치다니요."

2 장

희끗한 기척

남자는 나와의 만남을 마치 운명인 것처럼 몰아가려 했다. 차라리 그랬으면 좋겠다. 내게도 운명 같은 사랑이 있다면, 있기만 하다면 그것만큼 나를 이 구렁텅이에서 건져낼 게 또 있을까. 그러나 그건 있을 수가 없다. 앞서도 운명일 거라 착각했었다.

남자는 버스 안에서 이름을 밝혔다. 고진수라 한다. 나는 한참 뒤에야 내 이름을 알려줬다. 왜 그랬는지는 나도 모르겠다.

"제 이름은 혜미예요. 이혜미. 봇짐은 어디 풀었어요?"

나와 가까운 곳에 남자도 숙박하고 있었다. 우리는 버스에서 내려 트램이라 불리는 전차로 갈아탔다. 남자는 웃고 있었다. 뭐가 그리 신나는지 사소한 잡담에도 재밌어하며 킥킥거렸다. 그런 그의 모습이 싫지 않았다.

"웃으니까 좋네요. 더욱 예뻐요."

나도 웃고 있었나 보다. 남자의 말에 문득 행동이 조심스러워졌다.

그러고 보니 남자는 직업 가수답게 매너가 세련되어 보였다. 남자래도 직업상 꾸며서 그런지 외모가 정갈하고 고상한 매력까지 은근히 풍겼다. 그러나 말씨가 노래 부를 때의 음색만 못하였고 가끔 거친 단어가 툭툭 튀어나와 그게 내 신경을 건드렸다.

"제게 말을 가려서 해주셨으면 해요."

남자는 내 앞에서 무한정 아량을 베풀었다. 위선의 박세준도 이러지는 않았다. 그러니 거짓이 아닐 테지?

"노랫말에 여자가 꼭 등장하던데 달리 이유라도 있어요?"

내 물음에 제대로 대꾸하지 못했다. 그는 아직 자신의 작품 세계에 대해서 구체적 고민이 없는 상태 같았다. 아직까지 나이가 있으니, 점차 경험을 쌓아가다 보면 그만의 독특한 세계가 형성되겠지.

나는 창밖으로 시선을 옮겼다. 박세준은 거침없이 자신의 철학과 세계관을 내 앞에서 피력했었다. 물론 학생들을 향해서도 그랬다. 그랬던 그가 세상 속을 휘저으며 속물임을 드러내고 다녔다는 사실. 어떻게 그것이 가능할까. 남자라서? 역시 남자인 이 사람도 여자에 집착하여 작품을 채워나가는 게 아닐까 하는 의구심이 들었지만 현실의 삶과 작품을 어찌 비교할 수 있겠나.

문득, 지난날이 주마등처럼 스쳤다. 예감은 했었지만 막상 바세준, 그자로부터 이별의 통고를 듣는다는 것은 내게 있어 커다란 충격이었다.

그때 나는 사정없이 와르르 허물어지는 영혼의 잿더미 속으로 질식하듯 파묻혀 가며 꼬박 사흘을 드러누웠었다.

…그때가 이틀쯤 지나서였던가. 내 초라한 눈빛이 창가에 머물 때마다 비가 내렸었다. 그러니까 전날 아침, 갈증에 찬물을 거푸

들이켜면서 창밖으로 비가 온다는 걸 알았고, 화장실을 다녀와 목구멍에서 게워질 때까지 물을 마시고는, 복층 계단을 엉금엉금 기어올라 다시 침대에 몸을 눕혔었다. 눈 깜짝할 새 어두워졌고, 잠결에 고개를 쳐들고 저 밑 가로등으로 여전히 비가 안개처럼 아득하게 내린다는 걸 알았었다.

무슨 놈의 봄비가 이리도 청승맞을까. 나는 어수선한 탁자에 놓인 위스키 술병을 보자마자 '욱~' 하는 외마디를 내지르며 토할 뻔하였다. 차라리 토하면 속이 편하기라도 하겠지. 근데 얼마 마시지 않았잖아? 몇 잔 마시지 않았어. 어디서 긁혔는지 손등에 상처까지 나 있는 까칠한 손아귀로 술병의 주둥이를 쥐어틀고 길쭉한 유리잔에 따랐다. 이처럼 계속 퍼먹어도 몸에 무리가 없는 걸까. 내 육체를 자학하기 위해 어제부터 마신 술이건만 그래도 걱정이 되었다.

이러면서 한때 죽을 생각까지 다 했다니, 어리석기는. 물이 차가울까, 목이 아플까, 온갖 핑계로 죽지 못하겠다는 그 농담이 괜히 떠돈 게 아니었다. 나를 보면 알 수 있는 것. 아니다. 아닐지도 모른다. 남들이나 나나 피상적으로 엿보면 자학처럼 비치겠지만 엄밀하게 따져 이건 고행 끝에 일어서는 수도승의 한 단면일지 모른다. 이렇게 해서 나는 늘 일어섰으니까. 나는 성배인 양 잔을 들어 술을 쭉 들이켰다. 유리 껍질의 냉정한 감촉에 매니큐어 벗겨진 내 손톱들이 파르르 떨렸다.

그렇게 어제와 오늘, 이틀 동안을 아무것도 하지 않았다. 아니다. 알코올과 치즈, 물 이외에는 아무것도 먹지 않았다. 차라리 사랑의 열정에 온몸이 떨리고 피가 끓어 이처럼 밤낮없이 치열했더라면…. 날이 또다시 밝았고, 냉장고를 뒤져 얼음 알갱이 넣은 물을 들이켜고서야 한참을 뒤척이다가 다시 잠들었다.

황야에 내던져져 독수리의 먹잇감으로 주었다는 이 보잘것없는 육체도 부활의 기대감 때문일까. 숨죽인 통곡 속에서 엄숙하게 모셔지곤 한다는 그 사흘이 힘겹게 지나갔다.

내게 있어 이 황홀한 사흗날이 지나도록 아무것도 일어나지 않았고 결국 초라한 몸뚱이를 바깥으로 내던져야 할 때가 되었다. 커튼을 걷고서, 잔인하도록 찬란한 봄날의 햇빛이 내리비치는 저 바깥으로 나가야 한다. 나가기 싫어도 뚜벅뚜벅 걸어나가야 한다. 그래서 독수리와 같은 이들에게 제대로 먹혀야 한다. 그래야 그나마 그들의 창자 속에서라도 내가 한숨을 연명할 수 있을 게다. 태초에 우주의 생물을 탄생시킨 저 미토콘드리아 같은 존재가 나일지도 모른다. 그렇듯 나는 누구도 해코지하지 않았고 오히려 그들에게 당함으로써 내 존재가 비로소 확인되었다. 그들도 비로소 세상을 찬양하고 삶에 환희했으며 관계의 나눔에 행복해하였다.

그래, 좋아. 그렇게라도 쭉 살아보는 게 어떨까? 돌아보면 늘 그랬으니까.

이런 나의 모습이 노처녀가 흔히 겪는 우울증이든, 아니면 찰거머리처럼 달라붙는 악연의 후유증으로 시들어 버린 부평초 같은 육신이든, 그 무엇이 됐든 간에 죽지 않고서 평생 드러누워 잠드는 데에는 한계가 있는 법이다. 우선은 삭신이 쑤셔 정신줄 놓고 나자 빠져 있을 근육도 신경도 남아 있지가 않다. 죽을 때 죽더라도 이게 무슨 꼴이람. 이 무슨 짓이지….

나는 창밖으로 떠내려가는 인파를 물끄러미 바라보며 지난날의 상념에 잠겼다가, 남자의 소리에 문득 정신을 차렸다.

"사람들은 저마다 무슨 생각들을 하며 살아가는 걸까요?"

올해 초에 내게 일어난, 결코 되새기고 싶지 않은 쓰디쓴 기억이 왜 의식 밖으로 슬그머니 고개를 내미는 것일까? 지금 내 옆에 있는 이 남자를 경계해야 한다는 본능적 발로인 걸까? 정말 그러해서일까?

"글쎄요? 생각들을 할까요?"

나는 되짚어 의문을 던졌다. 그러고 나서 그의 노랫말에 여자가 자주 등장하는 현상에 대해 말해 주었다. 그것은 진리이거나 삶의 근원을 향하는 본능적 갈구가 여자를 매개로 표출되어 그럴 거라고 넌지시 거들어 주었다. 내 말에 남자는 놀라워했다. 어리숙해 보이는 그 모습에 왠지 내 얘기를 들려주고 싶어졌다.

"아까 그 마을 있죠. 예전에 엄마가 살았었고 내가 태어난 곳이었어요. 일곱 살 때 떠나서 기억이 흐릿해요."

우리는 버스에 올라 나란히 좌석에 앉았다.

"어디 어디 다녔어요?"

여자가 먼저 얘기를 꺼냈다.

"오스트리아는 빈이랑 잘츠부르크 봤고요. 독일에서는 뮌헨하고 베를린을 구경했습니다."

"다녀 보니 어땠어요?"

"아, 그게…."

나는 더듬거렸다. 말이 궁색해지지 않을까 마음을 졸였다.

"어릴 적에 주위들은 독일은 참 대단한 것 같던데 막상 와서 보니 그렇지도 않더라고요."

여자는 내 말에 수긍한다는 듯이 고개를 살짝 끄덕였다.

"그래요. 아마도 우리 부모세대가 품었던 부러움과 환상이 여태 껏 전해져서 그렇겠지요? 새로이 성장한 우리들의 세계가 이들과 비슷해졌기 때문이 아닐까 싶어요. 더러 그들의 눈빛에 백인 우월 주의가 묻어나기도 해요."

"우월이라…. 그쪽도 그리 생각하시는군요. 참, 이름이 어떻게 되죠? 저는 고진수입니다."

얘기 도중에 이름을 묻자 여자는 머뭇거렸다. 이름 하나쯤 밝혀봐야 문제될 게 없을 텐데도 왠지 꺼리기에 얼른 말을 이어나갔다.

"여행하면서 이곳의 기후, 가옥, 관습들이 일본과 참 많이 닮았구나 싶었습니다."

"오스트리아도 그리 느꼈겠네요?"

"거긴 뭐랄까. 어떤 의식에 사로잡힌 사람들 같다는 느낌을 받았어요. 우리는 귀족이다, 뭐 그런."

여자는 내 얘기가 생뚱맞다고 생각됐는지 힘주어 되물었다.

"귀족? 봉건시대 그 귀족?"

"에 그게, 내 자격지심인지도 모르죠. 거리가 깔끔하고 고급스러웠긴 했습니다. 모든 게 잘 꾸며져 있다 싶더라고요. 한때 제국까지 이룬 장대한 역사가 있어 그런지, 지금도 잘살아서 그런지 모르겠지만, 어쨌든 이방인을 푸대접한다는 기분을 지울 수가 없더라고요. 물가도 더럽게 비싸지."

투덜대는 내 얼굴을 이모저모로 뜯어보던 여자가 또다시 되물었다.

"거의 같은 게르만족 계열인데, 그렇담 독일은 타락한 귀족쯤 되겠네요?"

설마하니 내 말을 비꼬아 하는 소리는 아니겠지? 약간 주눅이 들긴 했다.

"제가 뭐 알겠냐마는, 잘살수록 돈독이 오른 것 같고, 그래서 잘

사는 나라가 됐는가 싶기도 하고요."

"여행하면서 마음고생이 심했나 봐요? 언어 소통이 되지 않으면 여러 오해나 불신이 생기기도 하겠죠. 유럽의 여러 나라 중에 특히 오스트리아는 사람들이 교양이 있어 거리가 쾌적하고 규칙을 지키는, 질서 있는 나라예요."

"허어, 클래식을 좋아하는 사람들이라 그나마 봐주고 싶긴 합니다."

여전히 빈정거리는 투로 대꾸하자 그녀는 나를 물끄러미 쳐다보았다. 여자는 천천히 고개를 끄덕이며 말을 이었다.

"그럼에도 그 견해에 동의하고 싶네요. 남쪽 나라 사람들에 비해 무미건조한 건 사실이니까."

"그럼요. 인정이 메마른 건 사실이니까."

얼른 맞장구를 쳤다. 어쨌거나 이처럼 대화가 술술 터진 마당에, 그녀와의 인연을 잇대고 싶어 은근히 추파를 던졌다.

"좀처럼 오기 힘든 유럽이잖습니까. 온 김에 맘껏 구경하고 싶은데 영어가 짧아서 힘들었거든요. 누가 가이드 역할을 해준다면 정말로 신나는 일이 되겠죠."

"제 이름 말 안 했나요? 혜미예요. 이혜미… 봇짐은 어디에다 풀었어요?"

자기 이름을 밝혔다. 내 숙소까지 물어 나는 좀 당황했다.

"아, 그게… 그곳이 호스텔인데 시내 중심가에 있습니다."

"잘됐네. 저도 그쪽이에요. 여긴 가게가 일찍 문을 닫아 뭘 먹으려면 시내로 가야 해요."

나는 한순간 들떴다. 이 말은 자기와 함께 보낼 수 있다는 신호가 아닌가. 최소한 이곳에서만이라도 말이다.

"그럴까요? 어젯밤에 보니 야경도 죽이고 애들도 술렁거리지. 팝밴드도 드럼을 마구 두들겨 패는 게 완전 술 퍼먹기 좋은 데더라고요. 아하하."

음조를 높인 랩처럼, 그녀에게 던진 내 말이 절로 악센트가 붙고 리듬을 탔다. 우리는 버스에서 내려 막 출발하려는 전차를 향해 달렸다.

웃고 있었다. 말이 통하지 않아 침묵할 수밖에 없었던 나와, 뭔가 말 못할 사연이라도 품은 듯 우울한 낯빛을 보였던 그녀와…; 그런 우리가 어느덧 사소한 얘기에도 재밌어하며 킥킥거렸다. 배시시 웃는 그녀의 미소가 싱그러운 꽃향기로 내게 흩날렸다.

"웃으니까 좋습니다. 더 예뻐요." 무심코 던진 내 말에 여자는 문득 미소를 그쳤다. 자기를 돌아보려는 표정 같았다.

이윽고 차분한 목소리로 물어왔다.

"거기는 말할 때하고 노래 부를 때 음성이 다르듯, 직접 썼다는 노랫말하고 말씨가 무척 달라요. 왜 그럴까?"

"아 그게, …그런 소리를 종종 듣긴 하는데요."

어떻게 말해야 그럴듯하게 들릴지 잠시 난감했다.

"그러니까 에… 가사는 남이 듣기에 좋으라고, 기분 좋으라고 쓰는 거고요. 말투는 이 맘을 위해, 내 엉킨 김깅을 풀기 위해 써볼인다, 뭐 대충 그리 보시면 되겠네요. 하하."

"듣고 나니 이해는 됩니다만, 그래도 가끔씩 이상한 소릴 들으면,

…저는 무서워요.”

여자의 표정이 워낙 진지하여 절로 숙연해졌다.

“아, 네. 앞으로 조심할게요. 이놈의 말버릇을 고친다, 고치겠다, 하면서도 헤헤.”

“거기 노랫말엔 여자가 꼭 등장하던데 무슨 특별한 이유라도 있어요?”

“반드시 등장하는 건 아닌데 이따금 누가 들먹이더군요. ‘너 혹시 페미니스트 아니냐?’ 하고요. 내가 남자라서 그러나? 저도 잘 모르겠습니다.”

여자는 속눈썹을 끔벅이며 나를 보다가 시선을 차창 밖으로 향했다. 행인들이 거센 물살에 실리듯 떠내려가고 있다. 돌이켜 추억하듯 숨을 들이쉬는 그녀의 몸이 스르르 내게 기댄다.

한참을 그러고 있더니, 졸음에서 깨어나려는 듯 몸을 바로 하며 말했다.

“진리이거나 삶의 근원에 대한 본능적 갈구가 있는데, 그것이 여자라는 개체를 매개로 표출되어 그런 게 아닐까 싶기도 해요.”

“네?”

나는 깜짝 놀랐다. 그동안 많은 노랫말을 쓰고 가락을 붙이면서 여러 질문을 받고 하였어도 미처 거기까지는 생각하지 못했었다. 그런데 이처럼 단박에 내 노래의 핵심 요소를 파악해 낸 이 여자의 지적 수준에 감탄하지 않을 수 없었다.

이 여자는 뭐지? 내 노래가 그 정도로 고상하다고?

내게 묻기만 하다가 이제는 내가 묻지 않아도, 여자는 조금씩 자기의 삶을 털어놓기 시작하였다.

　지하철역 승강장에 무장한 경찰들이 쫙 깔렸다. 여자도 처음엔 이유를 몰랐다가 왁자지껄하게 떼거리로 몰려다니는 청년들을 보자 한소리를 하였다. "축구시합이 있었나 봐요." 그들의 손에는 맥주 깡통이 들렸고 매우 들떠있었다. 우리도 덩달아 어깨가 들썩거려졌다.

　"같이 남쪽 나라를 여행하는 거 어때요?"

　내 말에 여자의 입꼬리가 실룩거린다.

　"어딜? 근데 왜요?"

　"저같이 가난한 풍각쟁이는 춥고 스산한 이곳보다는 따뜻한 남쪽 나라가 그립겠죠? 크로아티아나 지중해 쪽이 어떨까요?"

　"팔월이라 아직 더워요."

　주위의 소란 때문일까. 그녀의 목소리가 탁 트인 듯 크게 울렸다.

　"좋죠, 뭐. 팔뚝 드러내놓고, 땀도 뻘뻘 흘려 보고요."

　내 말에 여자는 시큰둥한 표정으로 대꾸하였다.

　"그쪽 사람들은 수더분하고 인정이 많긴 한데 좀 시끄러워요. 아테네는 소매치기도 버글거린다던데?"

　여자는 내 눈치를 보는 듯이 하다가 말을 이었다.

　"이곳 독일을 둘러보고 나서 결정짓죠. 여기도 볼만한 데가 많아요. 드레스덴 같은 데는 꼭 가 보고 싶어요."

　"오, 지야말로 대찬성입니다. 여행에 니쁜 데기 이디 있겠습니까."

　하하, 그녀와 함께하는 거라면 어딘들 어떠리. 여자도 비로소 마음이 설레는 듯 얼굴이 환하게 밝아졌다.

"독일은 일본과 닮아 보여도 차이점이 있어요. 지도자가 나서서 거짓과 조작을 선동하는 일본과 다르게, 독일은 올바른 쪽으로 국민을 이끌어가려는 지도자가 많다는 사실이에요."

"혹시나 그런 건 아닐까요? 그러지 않으면 또 사고 칠지 몰라서?"

"후훗, 여전히 독일인의 기질을 의심하는군요? 뭐, 그럴지도 또 모르죠. 신나치즘도 꿈틀거린다니까. 하긴 이들은 이방인에 대한 배려가 부족하긴 해요. 자기들의 규칙에 타인을 지나치게 끌어들인다는 점이, 자기들이 우월하다는 오만에서 비롯되었는지 또 모르죠. 그런데 한국도 외국인을 업신여기는 풍조가 요즘 들어 일각에서 불거져 나오는 것 같아요. 이것에 경각심을 불러일으킬 필요가 있긴 한데요. 어쨌든…."

여자가 이처럼 말을 많이 할 줄 미처 몰랐다. 이야기하는 여자의 얼굴이 점점 화색으로 물들었다.

굉음을 내며 스산한 어둠 속으로 치달리는 지하 열차 안에서 청년들이 우르르 몰려다닌다. 축구 경기장을 뜨겁게 달궜던 흥분을 식히려는 듯 여기저기 맥주 깡통을 손에 쥐었고 거칠게 얼굴에 들이부었다. 후끈거리는 그들의 열기에 들떴는지 남자가 노골적으로 제안하였다.

"남쪽 나라로 같이 여행 떠나는 거, 어떻습니까?"

"어디를…, 왜요?"

자기같이 가난한 풍각쟁이는 춥고 스산한 이곳보다는 팔뚝 드러내놓고 땀을 흘리는 곳이 그리울 수밖에 없다고 하는 그 말이 애잔하게 들려왔다. 별것 아닌 낭만 섞인 얘기에도 내 마음이 어느 한 곳으로 기운다는 게 느껴졌다. 나는 일단 드레스덴을 방문하고 나서 행선지를 결정하자고 제의했고 그가 흔쾌히 내 말에 따랐다. 나는 까닭 없이 기분이 좋아졌다.

나는 쇼핑몰에서 가방과 옷가지를 사고 장신구도 몇 개 골랐다. 남자가 옆에서 호기심 가득한 눈으로 쳐다보기에 일부러 크고 화려한 것을 귀에 걸고는 모델인 양 멋을 부려 보기도 했다.

우리는 저녁을 함께한 후, 밤거리를 걸었다. 말이 많았나, 많이 걸었나? 갑자기 피곤이 몰려왔다. 가로등 아래 가로수가 있는 의자에 앉아 잠시 쉬는데 그가 걱정스러운 눈빛으로 나를 쳐다보았다. 나는 조금씩 들려주었던 내 어린 시절의 얘기를 일순간, 한꺼번에 토해 내고 싶은 충동에 빠졌다.

"살아오면서 가슴 저미도록 미안했던 적 없었나요? 사랑하는 이들이 내게 아픔으로…"

그러나 그가 내 말을 가로막았다.

"저기 클럽 갑시다. 한바탕 흔들면 싹 다 풀립니다. 하하."

그가 일부러 소리 내어 웃으며 춤추듯이 몸까지 근들거렸다. 나는 문득 이 남자 앞에서 노래가 부르고 싶어졌다. 길고도 긴 노래를 언제까지고 불러보고 싶었다. 그러지 않으면 응어리진 속마음이 풀리지 않을 것 같았다. 아니, 내 엉킨 영혼이 풀어지기만 한다면 우레보다 더한 울음을 터트릴 수 있을 것 같았다. 그렇게 해서라도 뒤엉킨 내 문제를 풀어내고 싶었다.

남자는 옆에 앉아 묵묵히 내 푸념을 들어주었다. 그런데, 신세를 타령하면 기운이 차려질까 하였으나 그렇지 않았다. "아무래도…" 나는 말을 잇지 못했다. 한꺼번에 피곤이 몰려왔다. 남자에게 내일 만나자고 그랬다. 내일이 되면, 이 밤이 가고 아침이 오면 좋아지겠지. 속으로 그랬다.

호텔 입구를 들어서면서 바라보니 그는 여전히 서 있던 그 자리에 우두커니 서 있었다. 보잘것없는 내게 이토록 애틋한 몸짓을 피

왔던 남자가 또 있었을까.

나는 잠을 이루지 못했다.

또다시 과거의 기억 속으로 내 육체를 빠트렸다.

…바이올린 연주가 구슬프게 들려온다. 나는 두 눈을 번쩍 떴다. 뒤늦은 부활의 소식이, 그가 아니면 어느 천사를 통해서라도, 마침내 내게 속삭여지지 않을까 하는 일말의 기쁨이 일었다. 나는 손을 뻗어 머리맡에 놓인 휴대전화를 쥐었다. 여보세요.

오랜만에 듣는 목소리라 가물가물했다.

"혜미니? 나야, 오수경. 그동안 어떻게 지냈니? 한 번 만나고 싶은데, 할 얘기도 있고. 같이 차나 한잔할까?"

그럼 그렇지. 내 삶은 뭐든지 비워야 해.

나는 몸을 털고 일어났다. 이러다가 괜찮아지겠지. 밤하늘에 구름이 걷히면 별들이 나타나듯이 곧 원래대로 돌아가겠지. 그랬다.

따뜻한 봄볕일까 했더니 날이 흐려졌다. 두툼한 바지에 외투까지 껴입기를 잘했지 싶다. 하긴 봄옷으로 챙겨 입을 정신머리도 아니었다. 거리에는 아직 삭풍이 불고 성급한 꽃잎이 떨고 있다. 길을 걸으면서 좀 어지러웠다. 헛된 상념들이 뇌리를 타고 목덜미로 줄줄 흐르는 느낌이다. 굽 높은 구두를 신긴 했어도 이처럼 비틀거려지는 게 아마 정신적 충격에서 비롯되었으리라. 비록 굶었을 지언정 며칠을 푹 쉰 것이 무슨 영향을 주었으리. 단식을 밥 먹듯이 하는 고승들이 무수히 있다는데?

"넌 여전하구나? 머리카락도 더 길어졌고. 호홋, 처녀 몸이 확실히 다르긴 다르나 보다 얘."

수경은 평소에 보던 모습 그대로였다. 쾌활하고 잘 웃고 애교가 많아 뭇 사내들이 좋아할 그런 여자다. 이처럼 아기자기한 몸짓을 피우지 못하는 내가 때로 한스러웠다. 수경이하고는 중학교부터 대학까지 같은 학교였다. 그러나 동창이라 자주 얼굴이 마주쳐서 이따금 대화를 나누게 된 사이일 뿐, 같이 어울려 쏘다닌 적이 없었다. 수경은 남자들에게 나긋한 거와는 달리 여자에게는 시기심이 도드라졌다. 그럼에도 나보다 예쁘다고 생각됐는지 내게 아무런 질투를 비추지 않았고, 처음에는 성적에 민감한 듯싶더니 내가 전교 수위를 달리자 그것도 일찌감치 포기해 버려 나를 아무 거리낌 없이 대하였다. 성적 빼고는 모든 게 나보다 낫다고 생각했을 게 분명하였다.

　수경은 김이 모락모락 피어나는 커피잔을 앞에 놓고 이것저것의 세상사를 들춰내었다. 정치적 논쟁을 시작으로 사회 문제와 직장 상사의 험담을 늘어놓았고, "보부아르의 정신이 지금껏 우리를 자유롭게 해." 그러면서 여전히 계약 결혼에 만족하는 듯 동거남의 자랑에다 시어머니 될 여자의 태도에 대한 불평까지 잊어먹지 않았다.

　"그런데 짜증나는 것이, 왜 사대 근성과 타락이 이 땅에선 늘 보수의 몫이어야 하는 거야?"

　말없이 듣기만 하던 나였지만 이 투정에는 대꾸를 해주고 싶었다.

　"고착된 뇌세포의 신경조직이 어떤 현상에 맞닥뜨려졌을 때 그것에 대한 적응과 분별력 없이 그저 왜곡된 사고를 되풀이하기에 그렇겠지?"

내 말에 수경은 의외로 떨떠름한 표정을 지었다. 불만과 달리, 그녀의 정치 성향이 짐작되었다.

"네가 오늘 웬일이냐?"

수경은 잠시 시치미를 떼다가 투덜대었다.

"젠장, 정치 자체가 신물이 나. 정치꾼들은 누구랄 거 없이 다 똑같아."

나는 알고 있다. 지지하는 정권의 무능과 거짓이 백일하에 드러나면 화들짝 놀라 흔히 내뱉는 자기 마취의 발언인 것을. 그런데 종교를 놓고 이런 갈래의 문제가 거론되면 종교 지지자들은 또 그러지. 극히 일부의 소수가 어쩌다 실수로 그런 거라고. 이때는 묘하게도 결코 종교 자체를 싸잡아 비판하지 않는다는 점이다. 경직된 그들의 사고에 어긋난다 싶으면 어떻게든 조작을 해서라도 그들 자신의 기분에 맞추고 싶어 하니까. 그것이 비록 역사적 사실이라 할지라도.

어떻든 그녀의 수다를 가만히 들으면서, 나는 가끔씩 고개를 끄덕여 주었다. 오랜만에 만난 친구의 심기를 불편하게 만들 아무런 이유가 없으니까. 이렇듯 온갖 것들을 두루 섞어 내게 들려주는 이것이, 마치 미용실에 퍼지고 앉아 손 하나 까딱 않고 잡지를 뒤적이는 듯한 기분을 안겨 주었다.

그러던 수경이가 어느새 내 문제로 이야깃거리를 몰아갔다.

"학교는 길되이 기니? 이제 건강쯤 되겠네?"

"그만뒀어."

"어머나, 왜? 언제 그만둔 거야? 어쩌려고, 뭣 땜에?"

한꺼번에 쏟아지는 질문에 갑자기 속이 메스꺼웠다.

"내 능력 문제지. 이번 학기에."

"너만치 공부 잘한 애가 또 어디 있다고. 미국 유학도 다녀왔지. 세상이 참, 그렇다. 가만있는데 싹둑 자른 거야?"

사학의 고질적인 병폐와 타락, 무능까지를 핑계거리로 삼고 싶지 않았다. 일부가 어쩌다가 그런 것이니까. 그렇다고 말할 테니까.

"교과과정상 어쩔 수 없었다고 그러네."

"이것들이 빤하지 뭐. 세상이 실력만으로 되는 게 아니잖아. 돈도 먹여야 하고 빽도, 그것도 질긴 빽이 있어야 한다더라. 내 남편도 그거 땜에 무지 애먹는 모양이더라고. 승진하는 데 뭐가 어떻고 저렇고. 호호호."

동거하면서도 꼭 남편이라 불렀다. 어쨌든 남편도 그러하다면 분명히 속 타는 얘기일 텐데도 막판에 수경은 웃고 있다. 마치 그게 세상의 흐름이니 그것에 적응하고 따라야 그게 올바른 처세술인 것처럼 여겨져 나는 순간이나마 질렸다.

"그래 넌 그냥 가만있었니?"

"응. 나도 기꺼이 그만두겠다고 했어."

당돌한 내 말에 놀라 엉덩이를 들썩인다.

"아니 왜? 그럼 뭐로 먹고살려고?"

"걱정 마. 강의료 그깟 몇 푼 돼서. 고딩 몇몇 영어 과외로, 수백 벌고 있어."

나라고 자존심이 없을 리 없다. 그 바람에 얼른 대꾸한다는 게 그만 쓸데없는 소리를 해댄 꼴이다.

"그러니? 그래도…, 혜미야, 이렇게 된 마당에 결혼이라도 해라. 나이도 있는데."

결혼 얘기를 꺼내 놓고 수경은 짐짓 조심스러운 태도를 보였다. 그러면서 새삼 자각했다는 듯 내게 물었다.

"참, 너 남자 있잖아. 그쪽은 뭐래?"

"나, 당분간 결혼 생각 없어."

"어머, 그러니? 그쪽, 박세준 교수도 그래? 생각 없다고?"

내가 대답을 하지 못하고 머뭇거리자, 오랫동안 묵혀 뒀던 것 같은 얘기를 쏜살같이 끄집어내었다.

"너한테 아무래도 이 얘길 해야겠어. 다들 알고 있는 사실을 너만 모르는 것 같아서 말이야."

수경은 눈치를 살피다가 고개를 내 앞으로 쑥 내밀었다. 진실을 알리기 위해 모처럼 용기를 낸 의로운 행위라는 표정을 지으며 낮춘 음성에 힘주어 말했다.

"세준 씨, 있잖아. 요즘 어때?"

왜 또 그를 들먹일까? 내가 멀뚱히 바라보기만 하자 수경도 말을 멈췄다. 아마 내 대답을 기다리는 표정 같아 슬쩍 대꾸하였다.

"뭐가?"

"말하는 거나 하는 짓이."

갑자기 그를 대하는 말투가 달라졌다.

"애는? 그지 그래. 다들 바쁘게 사니까. 왜?"

"요즘 만나기는 해? 결혼하기로 했다면서?"

그 남자와는 헤어졌다. 불과 며칠 전이긴 했지만 우리는 서로가 사랑의 감정이 흩어졌음을 확인하였고 깨끗하게 마침표를 찍기로 했었다. 그걸 알지 못하는 수경이가 케케묵은 얘기를 꺼낸다 싶어 대충 얼버무리고 싶었다. 남녀의 애정 문제를 실시간으로 시시콜콜 떠들 게 뭐 있나. 말해 봤자 좋은 소리가 나오지 않을 것을 두고 말이다.

"글쎄, 아직 모르겠어. 어찌 될지."

"얘 얘, 그래서 말인데, 그 남자가 다른 여자랑 만나는 거 봤대."

"그게 뭐 어때서?"

무심결에 "언제?"라고 되물을 뻔했다. 여자를 만나는, 그게 어때서.

내가 태연해 하자 수경은 약간 고개를 갸우뚱거렸다.

"단순히 만나는 정도가 아냐. 둘 사이가 예사 심각한 게 아니더라고."

나는 또다시 "언제?"라는 말이 입술에까지 묻어났다가 사라졌다.

"잘못 봤거나, 그렇더라도 상관없어."

수경은 자기가 꺼낸 말에 내가 충격이라도 받을 거라 생각했던 것일까. 내가 여전히 태연하게 대꾸하자 수경은 몸을 바로 세우며 찻잔으로 손이 갔다. 아까 왼손으로 마실 때 예쁜 반지를 촘촘히 끼고 있었는데 오른손 약손가락에도 왕 반지가 눈에 띄었다. 다이아몬드 같다. 그러고 보니 수경은 목걸이에다 귀걸이까지 보석으로 치장하였다. 설마 나를 만나는데 이렇게까지 꾸몄을 리는 없고 따로 약속이 있는 것처럼 보였다.

"너 진짜 팔자 좋다. 나라면 너처럼 살기 힘든데. 그 남자 소문

들어보니 정말로 밥맛이더라고. 이런 말 너한테 해도 되는지 모르
겠다. 싹수가 노랗더라."

할 말 못할 말, 미리 다해 놓고 내 눈치를 보는 건 여전하다.

"언제 그런 일이 있었다는 얘기야?"

궁금했던 질문이 결국은 새어 나왔다.

"언제는 뭐가 언제니? 한참도 더 된 일들인데. 지금도 벌어지고
있고. 너도 정신 좀 차려라, 얘. 친구로서 더 말하기가 좀 그러네."

"그 남자랑 끝났어."

수경이가 의자를 바싹 끌어당긴다.

"완전히?"

"그래."

"그 자식 완전 바람둥이야. 정말 잘 헤어졌다 얘. 그 자식 상대
가 누군지 아니? 여러 년이 설쳐 댔다던데 가장 최근의 년이 바로
영은이야."

"영은이?"

"영은이라고 너도 알지? 학벌도 같잖은 게 돈 많은 아빠 만나 그
걸로 후려치고 다녔을 게 뻔해. 너한테서 가로챈 거라 봐야 하나?
남자가 워낙 양다리 걸치기 전문이라 가로채고 자시고 할 것도 없
다마는. 근데, 넌 언제 헤어졌는데 그 자식이랑?"

여러 화냥년들 사이에 나를 끼워 넣는 말로 들려 기분이 언짢아
졌다.

"응, 좀 많이 한참 됐어. 나랑 상관없어."

"그래, 그랬구나. 어쩌면 그 자식이 이리 채이고 저리 채이면서

떠돌아다닌 놈팡이였는지도 모르겠다. 어쨌거나 제 버릇이 그래서 그런 걸 어째."

얼핏 그를 두둔하는 말처럼 들려왔다. 나보다도 박세준을 더 잘 아는 여자처럼 비쳤다.

"하여튼 다행이다 얘. 사실은 내 얘기 듣고 충격받을까 봐 엄청 걱정했었는데 뭣이 별거 아니었네. 호홋."

나는 속이 메스꺼워 일어나고 싶었다. 아무래도 빈속에 퍼부은 술 탓일 것 같다. 한시바삐 이 탁한 공간에서 벗어나 맑은 숨을 들이쉬고 싶었다.

"바쁘지 않니?"

"그래 참, 시간이 벌써 이렇게나 됐네?"

수경은 벌떡 일어나더니 앞서서 계산대로 간다.

"놔둬. 내가 계산할게. 난 또 다른 약속이 있어서 여기서 헤어져야겠네. 난 로비로 가 봐야 해."

값을 치르며 빙긋 웃는다.

"우리 앞으로도 자주 만나 얘기 나누고 좀 그러자. 알겠지? 호홋."

"그래. 갈게."

나도 빙긋 웃어 보였다.

나는 들어갈 때부터 어디가 어딘지 주춤거렸던 특급호텔 커피숍을 부리나케 빠져나왔다.

걸어온 길을 되돌아가면서 잡생각에 시달렸다. 박세준? 알량한 여자들의 입방아에 오르내릴 정도로 박세준, 그가 그처럼이나 더러운 작자였다고? 나는 그와의 사랑을 조금도 의심해 본 적이 없다. 서로가 일에 쫓겨 점차 만나는 횟수가 줄어들기는 했었지만 다른 이성에게 눈을 돌려 우리가 쌓은 애정이 무너질 거라고는 짐작조차 하지 않았다. 이따금씩 읊조리는 그의 사랑 타령이 그것을 증명해 준다고 찰떡같이 믿었다. 믿었었다. 그는 나보다 열 살이나 많아서일까. 그를 만나면 왠지 포근하였고 그가 내게 건네는 말 한 마디 한 마디가 나를 들뜨게 만들었고 행복으로 이끌었다. 무작정 행복했었다.

그러던 그가 어느 날부터 말도 안 되는 이유를 들먹이더니 결국 내게 이별을 통고했고, 나는 울면서 바보처럼 인정하고 받아들였었다. 불과 몇 날 전의 일이었건만 벌써 과거형으로 흐른다. 내게 있어 아득한 과거의 일처럼 되어 버렸다. 나는 왜 이럴까. 내게 무슨 죄악이 씌워졌기에 이다지도 나를 따라다니며 끊임없이 나를 괴롭히는 것일까. 신을 배신해서? 만약 그래서 그렇다면 나는 끝끝내 물러서지 않을 것이다. 지옥이 아니라 지옥의 할배라도 말이다.

차가 빵빵거리는 소리에 깜짝 놀랐다. 횡단보도를 건너는데도 운전자가 놀란 모양이다. 내가 이상한 동작이라도 취했다는 소리일까? 없는 지옥을 끄집어내고 선한 신을 악마로 둔갑시킨 나의 치졸한 생각에 절로 쓴웃음을 지었다. 인간이 헛되이 지껄여 대는 잡소리에 나까지 맞장구칠 이유가 없다. 알면서도 때로는 모르면시 띠들이대는 종교인들의 익숙한 거짓에 진저리가 났으면, 이 징도로 넌더리가 났으면 이제 충분하겠다. 그런데도 왜 끝나지 않는가. 왜?

인파를 헤치면서 어깨가 자꾸 툭툭 부딪치자 막 잠 깬 아이처럼 주위를 두리번거렸다. 가만, 오늘이 무슨 요일이지? 아, 그렇다. 저녁에 중학생 둘에, 밤늦어 고등학생 하나를 가르쳐야 한다. 하마터면 잊어먹을 뻔했다. 오늘은 어떤 일이 있어도 예고 없이 빼먹어선 안 되는 날이다.

나는 새삼 여느 도시인과 다를 바 없는 몸짓을 피우며 지하철 입구 계단을 내려갔다….

잠을 이루지 못하는 내 몸뚱이 위로 소낙비가 퍼붓는 듯하다. 지난날의 상념이 내 온몸을 적시며 저 어둑한 늪 속으로 빠져들게 자꾸 끌어당기는 것 같다.

지하철에서 내리자마자 여자는 쇼핑몰부터 찾았다. 새하얀 색깔의 끄는 가방을 사고 여러 벌의 티셔츠와 반바지, 속옷 등을 고르고, 진열대에 놓인 목걸이 등의 장신구를 반짝이는 눈빛으로 만지작거렸다.

우리는 두툼한 비프스테이크와 와인이 있는 저녁을 같이 먹었다. 마치 오랜 연인과 재회의 기쁨을 나누며 갖는 만찬 같았다.

그리고 어둑한 시가지를 걸었다. 그러면서 일상의 언어와 몸짓을 나누었다. 여자는 짬짬이 해감을 뱉어내듯 상념을 게우기도 하였는데, 마치 마법사가 주문을 외듯 내게 있어 퍼즐의 조각 같은 것이었다. 발길 닿는 대로 두런거리며 걷다가 가로등 아래 의자에 몸을 기댔다.

"많이 걸었어요."

여자는 가볍게 '휴' 히고 긴 숨을 내쉴 뿐이었다. 불빛 탓일까? 밝아졌던 여자의 낯빛이 또다시 그림자를 드리웠다. 그것은 다양한 색깔을 내는 발광체의 빛이 번져서가 아니라, 어두운 밤이 다가

왔다는 의식 같았다.

때마다 되풀이되는 밤의 두려움, 절망의 되씹기 같았다.

"엄마는 늘 피곤해하셨어요. 아팠고요."

"지금 같이 살지 않나요?"

"내가 일곱 살 때 한국으로 들어갔어요. 그리고 일주일 만에 돌아가셨어요. 암이었대요. 말기였고…, 학비랑 생활비 대느라 생고생만 하고, 병도 참느라 치료 시기를 놓친 거죠."

나는 대꾸할 말을 찾지 못해 머뭇거렸다.

"뭐하러 그런 짓을 하셨나 몰라. 누가 알아줄 것도 아닌데. 자식들만 내팽개친 꼴이잖아."

혼잣소리로 푸념하곤, 여자는 얼굴을 밤하늘의 허공으로 향했다. 그녀의 숨죽인 원망이 그치자, 도시의 불빛과 소란이 와락 밀려왔다.

"살면서 미안했던 적 없었나요? 내가 아는 이들이 내게 아픔으로…"

나는 여자가 되새길 아픔을 무 자르듯 도중에 싹둑 잘랐다.

"저기 클럽 갑시다. 한바탕 춤추면 다 풀립니다. 하하."

나는 그녀의 의식이 어디쯤 머물러 있는지 얼추 짐작이 갔다. 그것을 지금 드러내기에는 감당하지 못할 무게로 우리를, 아니 내가 짓눌릴 것 같아 일부러 회피하였다.

"이거 노랫말로 어떨까요? 들어볼래요?"

여자는 꿈쩍 않은 채, 자리에서 일어나 몸을 들썩이는 나를 도로 주저앉혔다.

햇살이 뛰놀자 담이 무너진다
막 허물어지더라
한둘씩 자꾸 날아드는 참새 떼가
진흙 속에서 까불고 너도 나처럼
눈빛이 하늘로 향하더라
세상에 폭력이 사라지기를
사랑이 찾아오기를 하나 되기를…
그런데요?
땅거미 지자 한둘 돌아서들 가고
너랑 이웃된 나도 담을 쌓더라
자꾸자꾸 쌓아가더라

"휴! …이거, 곡조 붙일 만한가요?"

"마치 랩처럼 리듬을 타며 읊조려서 이미 만들어진 걸요."

"그래요?"

"나랑 정서가 다르고 뜻풀이가 뭔지 몰라 바로 말하기 어렵긴 한데, 나름 은은한 선율이 흐를 것 같네요."

"빈말이라도 고마워요."

"다른 건 몰라도 우리는 담을 쌓지 말았으면 합니다. 하하."

여자의 기분이 조금 좋아지려나 싶더니 다시 어깨가 축 처지는 걸 느끼겠다. "아무래도…" 여자는 하려던 말을 단념하고 고개를 떨궜다.

나는 불현듯 그녀를 껴안고 싶었다. 아니다. 그녀를 껴안아 주어야 쌓으려는 담이 와르르 허물어질지 모른다는 최면에 걸려 있었다. 손을 뻗어 그녀의 어깨를 감싸려는데 그녀가 낮은 목소리로 파리한 입술을 열었다.

"숙소가 어디라 하셨죠? 몸이 피곤해져요."

여자는 천천히 몸을 일으켰다. 따라 일어서는 나를 물끄러미 바라보고 있다. 그게 쑥스러워 공연히 헛기침이 났다.

"그래요? 그럼, 숙소로 가서…."

"저는 저기 묵어요." 여자는 손을 들어 도로 건너편의 한 호텔을 가리켰다.

"거기도 가서서 푹 쉬세요."

"네? …아, 그럴까요? 그렇담, 저기 내일은 어떻게 할까요?"

"내일요?"

여자는 내일에 대해 아무 생각이 없는 듯했다. 자칫 만남을 취소할까 봐 나는 서둘러 시간을 들먹였다.

"아침 여덟 시쯤 찾아뵐까요? 아니, 아홉 시가 좋을까?"

"…여덟 시, 식당에 있을게요."

여자는 말을 끝내고도 잠시 그대로 서 있다가 천천히 가방을 끌고 걸어갔다. 두근거렸던 만남이 급작스럽고도 싱겁게 끝매듭이 지어진 것 같아, 나는 마음 한편이 씁쓸해져 쓸데없이 주절거렸다.

저리 눈꽃처럼 아리따운 하얀 색은 내게 너무 부담스러워. …눈이 부실 수밖에.

여자가 도로를 가로질러 호텔 안으로 사라질 때까지 나는 묵묵히 바라보았다. 그러다가 정신이 번쩍 들었다.

나까지 왜 이러지? 오늘 첫 만남에 이 정도의 데이트면 맘껏 괴성을 질러도 되지 않을까? 이 여자와 기어이 맞닥뜨렸다는 사실만으로도 정녕, 호박이 넝쿨째 굴러 들어온 거라 봐야 하지 않을까?

나는 잠을 이루지 못했다. 아무 문제가 없는 걸까? 이혜미…. 왠지 모를 숙제를 잔뜩 짊어진 듯한 불안정한 정서의 그녀가 어떤 궤도를 그릴지, 내게 미칠 영향이 어떠할지 못내 궁금하였다. 바보처럼 결혼까지 곰곰이 짚어 보는 것이었다.

3 장

사랑한다는 것

남자가 나를 찾아왔다.

"검정 원피스가 아니라서 어쩌죠?"

미풍에 한댕거리는 경쇠처럼 무심결에 소리를 내고는 움찔 놀랐다. 어제 그가 들려준 노랫말 속의 여인이 언뜻 떠오른 것이다. 마치 연서를 읽는 듯한 보드라운 말씨로 남자의 귓가에다 소곤거린 꼴이다. 깃털같이 가벼운 여자의 겉모양이 유리창에 희끗거렸다. 나는 기분이 머쓱해져 옷차림을 흘끗 살폈다. 어제 산 귀걸이와 목걸이를 착용한 이것이, 이 남자에게 내 속마음을 발갛게 드러낸 것 같기만 하고 이곳 날씨에 비해 원피스가 너무 하늘거려 쑥스러운 모양새로 비쳤다. 하지만 이제 어쩌랴. 어찌 되었든 오늘 이 아침에 치장하길 잘했다며 제풀에 새치미를 떼었다.

남자는 아침밥을 먹으면서 나를 힐끔 훔쳐보았다. 워낙 밝은 미소를 짓고 있어서 그냥 내비려두었다. 그는 포도송이 무늬로 수놓은 내 원피스를 훑어보면서 무슨 생각에라도 빠진 것일까? 아무래도 남의 눈치가 보여 고개를 낮추고 은근슬쩍 물었다.

"왜요? 뭐가 이상해요?"

순간 당황해하는 남자의 모습이 귀여워 짓궂게 미소 지었다.

우리는 드레스덴으로 향했다. 달리는 버스 안에서 남자는 손끝으로 악보를 그리는 시늉을 하며 끊임없이 흥얼거렸다. 그리고 힐끗거리며 미소를 지었다.

버스가 도착하였고, 우리는 게스트하우스에 여장을 풀었다.

엘베 강변의 돌다리에서 사진을 찍고 군것질을 하고 강변 너머에 있는 성곽을 바라보았다. 난간에 같이 기댔다는 핑계로 남자가 은근슬쩍 나를 안으며 무심결인가, 또 흥얼거리기에 물었다.

"혹시 악상이라도 떠올랐나요?"

그는 얘기 중에 포도송이를 들먹이다가 얼버무렸다.

포도? 아무래도 이 남자는 나를 놓고 노래를 하나 만들 속셈인 모양이다. 뭐, 나쁠 거야 없지만 왜 하필 포도송이를? 원피스에 그려진 무늬 때문에?

궁금해져 되묻지 않을 수가 없다.

"포도…?"

그는 여전히 웃음으로 때웠다. 까짓, 내버려두자. 어쩌겠나. 뒤늦게나마 옷을 갈아입기 천만다행이라는 생각이 스쳤다.

"저기 강가로 내려갈까요? 물새가 모여 있어. 예쁠 거야."

남자는 물새와 어울리는 나를 향해 연거푸 셔터를 눌러 대었다.

"혜미 씨. 내 심장이 두근거려 참을 수가 없어요."

그러면서 흥겨움에 겨워 내게 노래를 불러주었다. 그와 같이하는 시간이 즐거워 까르르 웃었다.

비가 옵니다.

아침이면 창밖을 내다보는 여인처럼
가볍게 고이 내려
이방인의 눈빛이 스르르 풀립니다.

태양과 바람이 어디 있나요
갈증의 몸짓이 보이나요

간밤의 적막을 더하게 만들더이다.
계단을 내려오는 여인의 포옹처럼
얼굴을 적시는 미소 때문에

창가의 커튼이 흔들거립니다.

나는 가락을 타듯 중얼거리며 재빠르게 걸었다. 조만간에 노래
로 만들어야지. 하늘에는 먹구름이 잔뜩 끼어 있고 간간이 빗방

울을 흩뿌린다. 어젯밤에는 몰랐는데 노숙자들이 가랑비를 피해 처마 끝에 숨어들며 여태 뒤척이고 있다. 집시? 이들은 어디서 왔고 어디로 떠나는 것일까. 텃새라고 하기에는 너무 젊어 보였다.

오늘도 쌀쌀하다. 호텔 근처에 다다르자 한 젊은 여자 노숙자가 침낭에서 빠져나와 팔뚝을 어루만지며 꾸물꾸물 일어나 앉는다. 앞에 깡통이 놓여 있다. 나는 행운을 바라는 마음까지 품은 이 아침이라 호주머니를 뒤져 손에 집히는 대로 유로 동전 댓 닢을 던져 넣었다. 철그렁 소리에, 고맙다고 외치는 소리가 곳곳에서 들려온다. 모두들 자기 깡통에 떨어지는 줄로 알았나?

여자는 레스토랑에 다소곳이 앉아 나를 기다리고 있었다.

"안녕히 주무셨어요?"

다가가 인사를 건네자 여자는 미소 지으며 일어섰다.

"네. 아침 드셔야죠?"

여자는 간밤의 번뇌를 씻어낸 고승처럼 단아한 몸짓으로 나를 맞았다. 다행이었다. 나 역시 웅크렸던 불안을 떨쳐 버리자 흥겨워졌다. 우리는 단출하게 차려진 뷔페 식단으로 아침을 챙겼다.

맞은편에 앉은 그녀는 아름다웠다. 어제 산 은빛 귀걸이가 귓불에서 달랑거리고 가냘픈 어깨끈의 원피스에 가슴선이 도드라졌다. 거기 하얗게 반짝거리는 목걸이, 휘영청 감아 오르는 덩굴, 연둣빛의 잎사귀, 검붉은 포도송이가 아로새겨진 원피스가 그녀의 몸짓 따라 내 앞에서 하늘거린다. 그녀와 함께 클래식 선율을 들으며 먹는 이 아침밥이 꿀처럼 달콤하다. 포도송이. 아, 그렇다. 내 앞의 여자는 내 사랑이 되어 내 영혼의 포도로 마주한 것이다. 그녀의 향긋한 체취, 싱그러운 살결, 검붉은 영혼의 속삭임이 마냥 내 몸에 배어들어 노래하게 되리라. 어쩌면 지독한 에고이즘과 나르시시즘의 늪에 빠져 버릴지 모른다는 예감에 저절로 몸서리쳐졌다.

내 청춘아, 거짓 없이 참으로 이 같은 날을 기다렸더냐?

여자가 나를 보고 갸우뚱거렸다.

"왜요? 뭐가 이상해요?"

"네? 아 아뇨. …오늘은 뭐 하실 거죠?"

"드레스덴으로 가야죠. 이따가 체크아웃하고 오세요."

달리는 차 창에 부서지는 햇살을 손끝으로 희롱하며 줄곧 흥얼거렸다. 여자의 오똑하게 솟은 콧날이 햇살에 여물어 시큼하게 반짝거린다. 도무지 억누를 수 없는 감흥에 시달리는 내 눈앞으로 포도송이가 떠날 줄 몰랐다.

그대여, 덩굴에 매달린 포도송이를 보았나요?
주술의 색채로 내 시선을 빼앗고 내 손을 이끌어 더듬게 만들어요.
벗겨지는 알몸의 살갗이 내 손가락을 붉게 물들이고
맨살의 체취가 내 콧속으로 와서 입술 혀에 녹아내려요.
내 입술에 감도는 유두의 질감이여,
질끈 깨물어 사랑의 즙이 내 영혼에 닿을 수가 있을까요?
아아, 내 영혼에 녹아내려
항상 그대 앞에 눕는 사랑이기를요.

버스가 드레스덴에 도착하였다. 그녀는 익숙한 걸음으로 게스트 하우스를 찾았고 그곳에 여장을 풀었다. 조금도 어색하다는 느낌

없이 방 하나를 빌린 것이다.

"잠시만요. 옷 좀 갈아입고요."

나는 순간 허둥댔다. "어어, 아니 왜요?"

우리는 시간을 아끼려는 연인이 되어 엘베 강변으로 나섰다. 돌다리를 건너면서 처음으로 같이 사진을 찍고 아이스크림을 나눠 먹었다. 자연스럽게 손을 잡고 걷다가 서로를 가볍게 끌어안고 멀리 성곽을 바라보았다. 그녀의 두툼한 외투가 때로 나를 성가시게 했다.

"아까 버스서부터 흥얼거리던데 노래 만들고 있었어요?"

"흐음, 그게 말이죠. 사랑의 노래인데 한 여인의 옷차림에서 착상이 떠올랐죠."

"옷차림? 에로틱 러브, 그런 거예요?"

여자의 반응이 시큰둥해 나는 얼른 둘러댔다.

"아뇨. 영혼에 스며드는 그런 사랑의 감정을 표현해 볼까 그러고 있어요."

"영혼? 누굴까? 사내의 감성을 지독하게 자극한 그 여인이?"

"하하, 상징으로 포도송이를…"

한바탕 떠들려다가 후딱 입을 다물었다. 그녀가 꼬치꼬치 묻고 내가 하릴없이 떠들었다가는, 노랫말의 선정적인 묘사가 자칫 음탕하게 흐르지 않을까 하는 두려움이 갑자기 들었기 때문이다. 더군다나 있지도 않은 그녀와의 에로티시즘을 건드리는 꼴이 되지 않을까?

그녀가 의혹의 눈빛으로 갸우뚱거렸다.

"포도…?"

"하하. 아직까지는 말했다시피 그저 그래요."

웃음으로 때웠지만 까닭도 없이 부끄러웠다. 나의 순수한 감정의 노래가 마치 술집 밤무대에서나 들려줄 노래라도 되는 양, 제풀에 통속적이라 여겼나?

모래와 자갈을 드러낸 엘베 강가에는 고니로 보이는 물새들이 옹기종기 모여 있어 다가갔더니 먹이 주는 줄로 알고 우르르 몰려든다.

"미안해서 어쩌지? 그만 먹이를 깜빡했네."

그녀의 시늉에 뽀르르 물러나는 그것들이 귀여워 사진을 마구 찍어댔다. 물새들과 함께 어울려 활짝 웃는 그녀의 모습이 연달아 내 눈동자 속으로 쏟아져 들어왔다. 나는 마음이 흔들거렸다.

"이봐요 혜미 씨. 내 심장이 두근거려 참을 수 없어 노래를 부르고 싶어요. 그런데 무슨 노래를 불러야 할지 모르겠어. 혹시 부를 노래 없어요? 나를 위해 불러줄 노래가 없나요?"

여자가 까르르 웃는다. 내 이마를 손가락으로 꾹 누르며 짓궂은 표정으로 립스틱 흔적 없는 엷은 입술을 연다.

"뭐예요? 부르고 싶은 사람이 불러야죠. 바보 같아. 후훗."

"할 수 없지. 에, 이곳 분위기와 어울릴 노래가 하나 있긴 해요. 자, 들어봐요. 흐음."

영혼 한쪽이 시려 오는 이런 날이면
나는 또다시 누군가를 떠나보내야 한다.

산다는 것에 치든 육체는 오늘도 내 곁에 머무르고
떠나갈 듯이 곧잘 웃는 그대는 떠날 채비를 서두른다.

호숫가의 저 살찐 철새들이 날개를 펴서일까
샛바람이 사뭇 피어난 꽃잎 속으로 숨어든다.

여자는 잠자코 듣더니 노래가 끝나자 궁금한 표정을 지어 보인다.

"이 노래도 거기서 만든 거예요?"

"이건 우리 멤버들이랑 머리를 맞대서 만들었어요. 가사가 좀 그렇죠?"

"이처럼 노랫말들이 죄다 까다로워도 괜찮아요? 대체로 단순하던데?"

"하하. 문제없어요. 밴드의 이미지 업도 필요하니까. 그렇더라도 우리라고 흥행을 아예 무시할 순 없으니까 뭐, 단순한 노래도 많이 만들어요."

"노랫말이 정말로 내 마음에 들어요. 잊었던 존재랄까 영혼의 감각이랄까. 떠나보낸다는 것은 감각의 상실을 알아차렸다는 거니까. 그것의 허전함, 허탈을 노래한 것일 테죠?"

"글쎄요?"

나는 말문이 막혔다. 그걸 생각하고 만들었던가?

길게 늘어선 가로등마다 노란빛의 안개를 허공에 뿌리고 있다. 우리는 강변을 따라 병풍처럼 펼쳐진 궁전의 성벽 아래를 걷고 있었다. 거기 한 걸음씩 내딛는 내 발끝으로 노란 흔적을 묻히며 이슬방울이 밟힌다. 터질까, 슬쩍 밟으면 내 발길이 부드럽게 미끄러져 춤사위 한 판을 펼치기에 딱 좋을 것 같다. 조금씩 옷깃에 스미는 쓸쓸한 안개비의 정취에 내 오랜 기억들이 되살아날 것만 같은 이 밤이다. 누렇게 빛바랜 낡은 일기장을 뒤적이는 듯 그렇듯이….

나는 가볍게 몸을 흔들었다. 힙합을 연주할 때 써먹는 춤인데, 달콤한 정서에 흠뻑 젖어 있는 지금 이 마음을 내 앞의 여자에게 넌지시 알리고 싶어서였다.

"저는 원래 춤을 못 춰요."

그녀의 손목을 잡아 이끌자 쑥스러운 듯이 뿌리친다. 손끝에서 전율이 스쳤다.

고즈넉한 분위기에 휩싸이다 보니 마침내 그녀도 흥취를 참지 못해 노래하려나 보았다.

"대낮에 거기 노래를 들었으니 이 야밤에 저도 답가를 한 소절 불러야겠어요."

"드디어 듣게 되는군요. 웃지 않을 테니 불러보세요. 흐음."

노래일까 했더니 그녀는 시 낭송하듯 조용히 읊조렸다. 아마도 방금 떠올린 글귀이겠다.

여자의 시선을 쫓아 밤하늘을 올려다보니 그녀의 목소리에 덜컥 놀라 지금 막 떨어져 구르는 은쟁반인 양, 거기 하얀 보름달이 휘영청 떠 있었다.

나를 낳기 전에 아빠와 사랑을 속삭이며 함께 걸었을 이곳 엄마의 길을, 나는 어느 낯선 남자와 걷고 있다. 그가 춤추듯 몸을 흔들거린다. 곧잘 신명에 빠져 흐느적거리는 남자 같다. 그가 내 손목을 잡아 이끌기에 살그머니 뿌리쳤다. 그것은 내숭이 아니었다. 남자는 열정으로 다가왔고 사랑의 감정을 호소하려 한다는 것을 눈치챘다. 그래서 그랬다. 내가 남자를 받아들일 수 없어서였다. 그를 착각 속으로 빠뜨리면 안 되는 것이다.

나는 엄마를 떠올리며 즉흥적으로 노래를 읊었다.

저기 꺾인 성루 꼭대기로 은쟁반이 떨어져
여신의 젖은 손이 노래에 놓친 거지
산산이 흩어지는 저 미친 가스등 불빛

숨죽인 조각상들이 오늘도 꿈틀거려
당신의 아리아에 영혼이 부서지려 저러나
단칼에 파인 돌무더기가 손끝에 만져져

당신도 이처럼 문드러진 자국 있었겠지

병사의 함성이 무너져 밤이슬 짓이기고 떠나간 하늘,
거기 차가운 보름달로 기진한 바람이 주저앉아
떨어져 구르는 별똥별 하나가 기어코 가물거려

나는 엄마와의 이별 그 쓸쓸함을 드러내면서, 사랑조차도 영원
성을 갖지 못하여 미움 또는 이별이거나 절망으로 주저앉아 가물
거리는 삶의 허무를 놓고 한숨지었다. 그런 내 마음을 그가 알아
차리는 것 같아 한편으로 마음이 포근해졌다. 그렇듯 남자한테서
맑은 영혼이 느껴지기는 했다. 그러나 그럼에도 어수룩한 언어와
행동에서 본능처럼 일으키는 남자의 동물성이 슬쩍 엿보였기에 나
를 대하는 남자의 마음을 아무래도 환기시켜야 했다. 앞으로 같은
방에서 자고 여러 날을 같이 여행해야 하는 여자의 입장에서 더욱
그러했다. 사랑하는 사람에게조차 육체를 허락하지 않았던 내가,
이렇듯 낯선 남자와 어설픈 정사를 치를 수는 없지 않겠나. 그에
게 확실한 언질을 주어야 했다.

나는 그의 기분이 상하지 않도록 웃어 보이며 에둘러 표현했다.
남자들이란 생각보다 소심한 측면이 있으니까. 특히 사랑의 문제
에 있어서는 더욱 그러하니까. 남자의 열정을 물리치려는 내 말을
듣고부터 그의 얼굴에 실망의 빛이 어렸고 얘기를 나누는 중에도
문득문득 생각에 빠져들었다. 그러던 그가 내 직업을 물어왔고 감
출 이유가 없겠다 싶어 말해 주었다. 이 남자라면 내 과거사든 그
어떤 얘기든 온전히 귀담아들어 줄 것 같았다. 그래서 박세준에게

도 들려주지 않았던 언니의 자살 이유까지 토해 내고 싶었다.

　내 심중에 품은 마음을 알아차린 것일까. 남자가 먼저 아버지를 언급하였다. 나는 내 과거사를 하나씩 게워 낼 때마다 점점 육체가 무기력해졌고 어지럼증까지 맴돌아 남자의 몸에 기댔다. 오해하더라도 별수 없었다. 이 상황에서 최선의 방법은 한시라도 숙소로 돌아가서 쉬는 것이다.

　"혜미 씨. 지금껏 얘기가 뭐죠? 독일은 왜 온 거죠?"

　"얼마나 더 사랑해야 이 고통이 끝날까요?"

　내 말에 남자는 뭔가 눈치챈 것 같았다. 자살을 기도하는 여자로 그에게 비치는 게 싫었다. 갑자기 맥주 생각이 났다.

　"어머, 가게! 서둘러요."

　"가게는 왜요?"

　"맥주 사야죠. 아무렴, 첫날밤인데."

　"첫날밤이요?"

　그가 괴성 비슷한 소리를 질렀다.

뿔뿔이 조각나 버린 감정의 굴곡을 구슬 꿰듯 더듬고 있는 것일까. 여자가 시 낭송을 끝내고서 말없이 걷다가 더듬더듬 내게 묻는다.

"우리는 지금 같이하면서도 이별의 노래, 혼자 된 자기를 향하는 노래를 부르고 있어요. 참 우습죠?"

바람까지 쌀쌀하게 불어 그녀는 다시금 겉옷을 여몄다.

"가요라는 게 대개 그렇잖아요. 사랑을 노래해도 거기엔 늘 이별이 변주곡처럼 따르고 있죠."

"대중의 취향을 쫓아서 그런 노랫말을 만들어요?"

여자가 뜬금없이 의문을 갖기에 풀어 주어야 했다.

"저 같은 경우엔 그렇지 않습니다. 내게 놓인, 사랑에 얽힌 이별의 정서가 그렇다 보니 그 감정에 따랐을 뿐이죠. …지금 두려우세요?"

"뭐가요?"

"아, 아뇨. 그냥 해본 소리였어요."

"저는 이별이 두렵지 않아요. 너무도 내게 익숙해져서 마치 일상의 모습으로 다가오는 걸요."

"오호, 일상이라? 그렇군요. 하긴 누구나 만나고 헤어지고, 그것의 반복이긴 해요. 사랑은 그리되어선 안 되겠지만. 너무도 가슴이 아플 테니까."

"사랑해 본 적 없으세요?"

"네?"

방금 꺼낸 얘기가 사랑조차 못해 본 사내의 말처럼 들렸나?

"사랑이야 다들⋯."

"에로스 말이에요. 이성과의 사랑을 묻고 있어요."

내게 묻는 그녀의 의도를 짐작할 수 없어 부질없이 주절거렸다.

"그게⋯, 여성 팬이 좀 있다 보니, 열성적으로 접근하려는 분들이 가끔 있긴 하지만, 그건 어차피 관리 차원에서 만나 주는 것일 뿐이고, 진정한 사랑 같은 걸 제게 물으신다면 그건 없었다고 해야겠죠?"

"말이 뭐 그래요? 에둘러 말씀하고 있네요, 지금. 뭐이 좀 수상한데?"

"아닙니다. 단호하게 말씀드려서 없었습니다. 물론 지금도 없고요."

내가 경직된 말투로 다급하게 말해서일까. 여자는 짓궂게 나를 몰아세워 놓고는 웃음을 참는 기색이다.

"지금도? ⋯후훗, 됐네요. 파헤쳐서 내가 무슨 덕 볼 거라고."

내 몰골이 분명 우스꽝스러울 것 같다. 나는 애써 헛웃음을 치며 능청스럽게 굴었다.

"허허. 아까 혜미 씨가 말한, 거 뭐지? 삶에 있어 진리를 갈구하려는…, 뭐 그런 것처럼 내 노래에 여자가 나오고 사랑의 호소가 있다고 해서 그게 다는 아니죠. 하하."

여자는 '흥!' 하고 삐친 시늉을 지으며 다시금 목소리를 가다듬는다.

"그래요. 연애 한 번 안 해보고도 연애소설만 잘도 썼다는 작가가 있었다 하대요. 어떻든 거기는 멋진 사람을 만나 연애도 하고 나중에 결혼도 할 테죠. 물론 잘살 거고요."

찬물을 끼얹는 소리처럼 들려온다. 내게 어떠한 감정도 없다는 소리 같기도 하다. 하긴, 만난 지 겨우 삼 일밖에 되지 않았고 서로에 대해 아는 것도 별로 없다. 그러니 여자의 이 말이 타당할 수밖에 없다. 그렇다면 오늘부터 우리가 한방을 쓴다는 것이 어떤 의미를 갖는 것일까? 그녀는 아무렇지도 않은가? 무엇보다 자기는 독신주의자라 결혼 따위는 전혀 생각지 않는다는 사실을 말뚝 박듯 선포한 거라 봐야 하지 않을까? 그렇다면, 그러나…. 아, 나 혼자서 섹스를 꿈꿨었나? 그녀는 내게 아무런 언질도 주지 않은 것을 말이다.

그러나 아직은 누구도 앞날을 예측할 수 없는 일이라, 나는 태연한 척했다.

"혜미 씨는 직업이 뭐에요?"

"보따리장수예요. 여기저기 좌판을 벌여 놓았죠. 하지만 그 짓도 이젠 끝냈어요."

"임시직인가, 뭐 그런 건가요?"

"대학 강사로 몇 년 떠돌다 보니 이젠 지쳤고 오라는 데도 없고요. 스스로 환멸을 느껴 접었어요."

"대학 강사요?"

와우! 내가 그토록 부러워했던 공부벌레라는 존재가 바로 지금 내 앞에 와 있고, 그 존재와 보란 듯이 데이트를 즐기고 있다는 사실이 좀처럼 실감이 나지 않았다. 갑자기 그녀가 대단한 존재로 내게 다가섰다. 재색을 겸비한 여자라고?

"아하, 어쩐지 말발이 다르더라니. 대학교수님이셨구나. 그런데 겨우 그깟 일로 포기하시다니요? 하하. 그런 직업은 아무나 하는 게 아니잖습니까."

나는 격려도 할 겸 그녀를 부추겼다. 그러나 그녀는 석조 난간에 기대어 엘베 강물에 일렁이는 불빛을 바라볼 뿐이었다. 문득, 저 불빛의 그림자들이 들판에 아무렇게나 피는 노란 민들레꽃을 닮았다는 생각이 들었다. 아, 우울한 여자의 허무한 몸짓이 그러해서 피어났더냐? 아무래도 여자의 복잡한 심경을 이제껏 놓친 것만 같아 말을 얼버무렸다.

"그러니까 제 말은, 살다 보면 힘들다가도 좋은 날이 찾아오곤 하더라고요. 아, 물론 제가 비록 얼마 살지는 않았지만 내 인생도 굴곡이 참 많았습니다. 한창 꽃 피워야 할 청춘인데도 심신이 배고파 시름에 겨울 때가 많았으니까요."

이쯤이면 일부러라도 미소 지어 보일 만도 한데 여자는 마치 뜸 들이는 듯 나를 빤히 바라보기만 하였다. 더 밀어붙여야 했다.

"헤미 씨의 지금 심정, 알고도 남아요. 그래도 우린 청춘이잖아요. 청춘, 아야야! 고난 따위는 먼지처럼 훌훌 털어 버리고 힘내자고요. 어서요."

그제야 여자는 빙긋 웃으며 여린 입술을 열었다.

"한때 엄마가 보고 싶어 울부짖었을 때가 있었어요."

내 시선을 붙들려는 듯 또렷한 눈빛으로 바라보면서 여자는 덤덤한 목소리로 말했다. 그러나 뜻밖에도 그것은 오래도록 꼭꼭 감춰 뒀었던 자기만의 과거사였다.

"어디로 갔어요, 엄마? 아이스크림을 입에 문 아이가, 저기 목마를 타고 끄떡거리는 아이가, 꿈결 같은 엄마 손을 잡고 껴안는 엄마 품에 매달려 저기 호숫가를 뛰놀고 있어요. 포근한 엄마 얼굴을 더듬으며 저기 저러고 있어요. 그런데 왜죠? 아름다운 집을 짓고서 내 엄마는 어디 갔어요? 엄마, 나도 이제 갈래. 엄마 없는 자리에 섰다가 잠깐만 바라보고 나도 떠날래요."

여자는 내 표정을 살피듯 잠시 멈췄다가 계속해서 말했다.

"그런 심정으로 며칠이고 방에 처박혔던 적이 있었어요. 그때가 십 대 때의 기억이었어요. 드디어 대학을 핑계로, 마침내 계모로부터 벗어날 수 있었어요."

숨이 막힐 듯한 침묵이 흘러간다. 내가 이 침묵을 깨지 않는 한, 나를 바라보는 여자의 눈동자가 한없이 깊어질 것만 같았다.

"그런 애달픈 일들이 있으셨군요. 지금은 괜찮으세요?"

"그럼요. 이제 나는 완전한 성인인 걸요. 계모와 아빠에 대한 원망이 없어요."

여자는 일부러 빙긋 웃어 보인다.

"엄마에 대한 그리움도 이젠 식었어요. 마치 벽에 걸린 초상화 정도로만 내 추억에 남아 있는 걸요. 아까 그 노랫말은 엄마를 떠올려 읊조렸었는데, 예전에 요 어디 성곽에서 엄마가 아빠랑 같이 찍은 옛날 사진을 봤었어요. 우리처럼 이곳을 거닐었겠죠. 그랬어요."

"네, 그랬군요."

나는 머쓱하게 대꾸하였다.

"그때 엄마 나이가 지금 내 나이쯤 되었죠. 그랬어요."

그 말에 갑자기 여자의 나이가 궁금해졌다. 그동안 막연하게 내 또래려니 했는데 급히 손꼽아 봐도 분명 연상이겠다. 얼마 차이일까? 그러나 지금은 물어볼 수 없다. 그녀의 회상에 찬물을 끼얹기가 좀 그렇다.

"아버지가 이곳에 유학을 오신 거죠?"

조심스레 아버지 얘기를 꺼내자 그제야 여자는 내 눈동자를 들여다보던 눈길을 풀고 바깥으로 향한다. 여자의 걸음 따라 나도 발길을 옮겼다.

"함부르크 대학에서 신학을 공부하셨어요."

"그럼 한국에서는 지금?"

"목사예요. 소도시래도 꽤 큰 교회죠."

목사라는 얘기에 할 말을 잃었다. 그러한데 뭐가 문제였던 것일까? 단순히 계모와 살았다는 이유만으로?

"거긴 종교가 뭐예요?"

딴생각에 그녀의 물음을 놓쳤다. 여자가 내 허리를 감싸는 바람에 움찔하여 얼른 답하였다.

　　"우린 그냥 삽니다. 종교가 없어요."

　　"그냥 산다는 말이 우스워요. 무종교가 어때서."

　　"그렇죠?"

　　나는 다소 마음이 놓였다. 쓸데없이 말이 많아졌다.

　　"우린 종교가 없긴 해도 가족 간에 오순도순 행복하게 서로 사랑하며 살고 있어요. 남부럽지 않아요."

　　"거기는 사랑이 무엇이라고 생각하세요?"

　　"사랑요?"

　　"네, 사랑."

　　흔하게 써먹는 말인데도 여자가 물으니 말문이 쉽게 열리지 않는다. 그녀의 질문은 사소한 것이라 해도 나를 늘 당황하게 만들고 있다.

　　"사랑… 에, 그건 존재 이유이고 존재 자체죠. 그러니까…."

　　"그러니까?"

　　"인간의 삶 중에서 사랑 말고는 절대적 가치를 지닌 정신이 없는 것 같아요. 죄다 상대적이고 파괴적인 것들뿐이죠."

　　"갑자기 얘기가 어려워졌어요. 예를 들자면?"

　　"따로 설명하지 않아도 에…, 가족 간에 갖는 정서가 어떤 것인지 다들 알고 있잖습니까. 그게 사랑의 기본이지 궁극이 아닐까요?"

　　여자는 잠시 빤히 바라보기만 하였다. 그러다가 방금 알아차린 듯한 표정으로 재빠르게 말했다.

"그래요. 바로 그거예요. 가족끼리 사랑하는 거…. 같이 호흡한다는 것."

신음처럼 내지르는 그녀의 말에 더 이상 궁금증을 묻어 둘 수 없었다.

"그런데, 아버지가 목사 일을 하시는데 계모와 불화라는 것도 그렇고. 혜미 씨가 그렇게나 힘들게 소녀 시절을 보냈다는 것도 그렇고. 정말로 믿기지 않습니다."

"그렇죠?"

여자는 등을 감싸고 있는 내 팔에서 빠져나가며 느릿하게 말을 이었다.

"그렇듯 저도 그래요. 그렇지만… 교회, 목사 아빠, 이런 것들이 더욱 나를 힘들게 만든 건지도 몰라요. 아니 틀림없어. 언니의 죽음은 그에 비하면 아무것도 아니야."

여자의 파리한 입술에서 생각지도 못한 옛이야기들이 줄줄 엮여 나온다. 언니의 죽음? 갈수록 심각해지는 그녀의 가족사에 아찔한 현기증을 느꼈다. 그래서 그렇게나 길바닥에 퍼져 앉아 있었다고? 평생을 그런 몸짓으로 나부댔다고? 도무지 이해할 수 없는 얘기다. 대체 이게 무엇일까?

"얼마나 더 사랑해야 이 고통이 끝날까요?"

갑자기 번쩍하고 번개처럼 생각이 스쳤다. 자살! 그녀는 자살을 꿈꾸면서 이곳으로 날아온 게 아닐까? 나는 여자의 표정을 들여다보며 이 찰나의 생각에 침을 꿀떡 삼켰다.

"어머, 왜 그래요?"

내가 방금 떠올린 생각을 알아챈 것일까? 마치 사그라지는 장작불에 꽃불을 지피려는 듯 일순간 여자의 몸짓이 바람을 일으킨다.

"참, 이럴 때가 아니다."

여자가 불쑥 내 손을 잡아끌고 돌층계를 내려간다.

"서둘러야 해요. 가게 닫힐라. 밤이 짧아."

나는 물으려던 의문을 집어치웠다. 그녀 말대로 딴생각하기에는 밤이 너무도 짧다.

"그런데 가게는 왜요?"

"맥주 사야죠."

"맥주요?"

"명색이 첫날밤인데 건배 없이 되겠어요?"

"첫날밤이요?"

우리는 트램에서 뛰어내렸다.

"어어! 닫힌다!"

끝마치려는 가게 문을 박차고 들어갔다.

"야식으로 먹게 저기 빵이랑 골라 봐요."

그러면서 그녀는 맥주 깡통을 주섬주섬 겉옷에다 주워 담는다.

"씻고 나서 그러고 먹을까요?"

여자는 하얀 가방을 끌고 구석으로 가더니 문짝을 열고 들어간다. 붙박이장인가 했더니 침대가 놓인 또 다른 방이었다.

일찌거니 백일몽에서 깨나는 게 좋겠지?

헐렁하게 걸친 티셔츠와 반바지로 갈아입은 여자가 세면도구를 챙겨 들고나온다.

"침대가 이거 하나일 거라 생각한 건 아니죠?"

속절없이 툭 던지며 욕실로 들어가기에, 나도 한마디 툭 던졌다.

"그럴 리가요. 설마하니 내가 김샜을 거라 착각하는 건 아니겠죠?"

나는 배낭을 풀어 조그마한 커피포트를 꺼냈다. 여차하면 생수를 들이붓고 컵라면을 끓일 참이다. 그녀가 씻을 동안에 맥주 깡통과 한국에서 가져온 통조림들, 이것저것의 먹거리를 식탁에다 그럴싸하게 펼쳐 놓았다.

여자는 생각보다 일찍 씻고 나오면서 말대꾸를 잊지 않았다.

"다행이에요. 이곳 사람들이 가끔 그러듯 우리도 그래요. 뭐냐, 여행 파트너로 여기 와 있다는 사실이죠. …오, 벌써 상을 차렸네? 후훗. 살림꾼이야."

"이쯤이야 머. 지금도 자취하는 걸요."

그러면서 소파에 파묻히려 했다가 그녀로부터 한소리를 들었다.

"뭐 해요? 얼른 가서 씻으세요."

우리는 맥주 깡통을 부딪치며 외쳤다.

"자, 우리의 멋진 여행을 위하여!"

맥주의 쌉싸름한 맛이 목젖을 적신다. 여자는 목말랐다는 듯이 단숨에 벌컥벌컥 들이켰다.

"술을 잘 드시네요?"

피식 웃는 여자의 표정에 마음이 놓였다.

"이 정도쯤이야 가소롭죠. 주량이 말술이에요."

"맥주를 쓸어 담을 때 알아봤습니다. 하하."

차라리 말술이 낫다. 술 한잔 먹고 펑펑 우는 여자 때문에 질겁한 적이 여럿 있지 않았던가. 그런데 여자가 술 마시다 말고 벌떡 일어나더니, 자기 방에 들어갔다가 뭔가를 들고 나온다.

"이리 와 봐요. 술 취하기 전에 이것부터 해결해요."

여자는 여러 겹으로 접힌 유럽지도를 바닥에다 펼쳤다.

"여행 경비로 얼마까지 쓸 수 있어요? 절반씩 갹출해서 여행 계획을 짜 보려고요."

"그럴까요? 어차피 혜미 씨가 안내자 역할을 해야 하니까."

"크로아티아 가고 싶어 하셨죠? 저도 좋아요. 여기서부터 쭉 아래로 내려가는 거예요."

여자는 지도를 들여다보며 펜으로 줄을 그어 나갔다.

"서유럽은 가 봤던 데라 동유럽 쪽으로 돌게요. 체코의 체스키크롬로프는 마을 전체가 한 폭의 동화처럼 환상적이라고 해요. 프라하는 시청 광장 주변의 건물들이 굉장히 예쁘죠. 돌다리를 건너는 재미도 쏠쏠하고요. 독일의 퓌센은 아름다운 성들이 있고 목가적인 분위기가 물씬 풍겨 나오는 곳인데 괜찮으면 한 번 둘러보고요. 헝가리의 부다페스트는 오페라 공연장이 유명하고 다뉴브 강에 비치는 국회의사당의 야경이 빼어나다죠. 그리고 본격적으로 크로아티아를 구경할 건데 여기 수도인 자그레브로 해서, 라스토게, 플리트비체, 자디르, 스플리트, 그리고 마지막에 두브로브니크, 이런 순서로 다닐 거예요. 여긴 대중교통이 불편해서 렌터카를 이용하는 게 편하겠죠. 얘긴 다 했고 질문 없어요?"

내가 뭘 알겠나. 끄덕이며 말없이 있자,

"아 참, 여기서 터키하고 그리스 쪽은 제가 몇 해 전에 여행한 데이기도 하고 아직까지 거기가 무척 무덥고 정세도 불안정하고 해서 뺐어요. 나중에 가자고 딴소리하면 안 되어요. 무엇보다 거기는, 특히 산토리니는 연인이 가 볼 만한 곳이에요. 그래서 더욱 뺐어요. 신혼의 아리따운 부인과 같이할 사랑을 위해서죠. 됐어요?"

"흠, 친절도 하셔라. 네, 좋습니다. 산토리니라 했나요? 거긴 다음에 같이 가죠, 뭐. 하하."

"자, 그럼 이제부터 맥주나 마실까요?"

그 말에 나는 얼른 소파로 뛰어들었다.

"…의자가 왜 이러지?"

여자는 자기 앉은 의자가 마땅치 않아 뒤척이더니 내 쪽의 좁다란 소파로 와 앉는다.

"좀 비켜 앉아요. 뭔가 의도된 양, 찝찝한 이 기분은 뭐지?"

그러면서 킥킥대는 나를 힐끗 쳐다본다. 아까 내가 앉아 보니 의자 다리가 삐걱거리는 거였다.

돌아다니고 싶은 곳의 여행 일정을 짰다. 주요 여행지를 크로아티아로 정했다. 그러면서 여행 파트너로서 이곳에 와 있다는 사실을 다시 한 번 그에게 환기시켰다.

"내가 왜 술을 좋아하는지 아세요? 생존의 상처가 단번에 녹을 만한 에너지가 생겨나거든요."

밤무대 가수라 해서 담배와 술을 즐길 줄 알았는데 의외로 목청 보호 차원이라며 담배를 하지 않았고 술도 좋아하기는 하되 폭음 하지 않는 사람이었다. 그와 처음으로 술을 같이하면서 점점 그를 사랑해도 좋을 것 같다는 기대감으로 내 가슴이 설렜다.

그러다가 남자는 갑자기 내 나이를 물어왔고, 그가 나보다 일곱 살이나 어리다는 사실을 알았다. 나는 느닷없는 충격에 잠시 말문을 잃었다. 박세준과는 무려 이십 년 가까이 차이가 나는 사람이다. 그래서 순수하고 맑이 보였던 거였나, 실제로 어려서? 이 일을 어째! 나도 모르게 한숨이 새어 나왔다.

나는 나를 다그치듯 그에게 일장 훈시를 하였다. 남자는 두 눈을 멀뚱거리며 대꾸 없이 고개를 끄덕이기만 하였다. 나는 술이 들어가자 대담해져 가족사의 전말을 마치 판사에게 진술하듯 남자에게 읊조렸다.

우리 가족의 비사를 눈물 한 방울 흘리지 않고 쏟아 내자 남자가 그랬다.

"울고 싶으면 우세요. 괜찮아요."

잠시 동안 나를 지켜보더니, 남자는 작은 콘서트를 열어 보이겠다며 한국으로 전화를 걸었다. 동료와 이것저것을 조율하더니 마침내 휴대전화에서 흘러나오는 반주에 맞춰 노래를 부르기 시작하였다. 제목이 '그대와 춤을'이라 했다.

그는 노래 도중에 나를 이끌어 춤을 추게 했다. 어색했으나 점점 노래에 취해 그의 리드에 몸을 맡기니 절로 내 마음이 날아갈 듯 흥겨워졌다. 춤이 이토록 신명에 겨울 수가 있다니. 나는 벽에 기대 숨을 가누며 그의 감미로운 노래와 뜨거운 포옹과 격렬한 키스를 기다렸다. 진정, 기다렸었다.

이 땅에 영원한 것은 없어. 간절한 원망이 소용돌이치는 것일 뿐…

속으로 그렇게 되뇌었으나 세상의 모든 노래, 사랑, 연인의 눈빛까지도 영원으로 이어질 것만 같은 남자의 노랫소리가 귓가를 울리며 나를 들뜨게 하였다. 나는 소리쳐 내 마음을 고백하고 싶었다. 이제 당신을 사랑하겠노라고, 그렇게 세상에 알리고 싶었다. 그러나 곧 정신을 차렸다. 술 때문이리라.

4 장

눈가에 노을이

우리는 맥주를 들이켜며 시시콜콜한 얘기를 나눴고 웃어젖혔다. 술자리가 갖는 나태한 분위기에 젖어 온몸의 긴장을 풀어헤치는 것이다.

"내가 왜 이런 술자리를 좋아하는지 아세요? 생존의 상처가 단번에 녹을 만한 에너지가 생겨나거든요. 그때그때 말이죠. 못 믿겠지만. 후훗."

"그거 알코올중독자나 할 소리 아닙니까?"

"거 봐. 내가 못 믿을 거라 했죠? 사람마다 다르니까."

깡통이 여럿 떨어져 나가고 점차 술기운이 오르자 그녀가 물었다.

"뭐 해요?"

"네? 뭐가요? 술 마시잖아요."

"술도 흰건 들이잤겠다. 제게 뭐 궁금한 기 없이요?"

묻는 말도 없이, 그녀가 언급하는 얘기에만 끄덕이며 대꾸하다 보니 그게 찜찜했나 보다. 나는 잘됐다 싶어 궁금했던 나이를 물었다.

"나이가 어떻게 됩니까? 아무래도 저보다 연상인 거 같아서요."

"에게, 도토리 키 재기 하려고요?"

"저는 올해 스물일곱입니다."

"네? …진짜요?"

그녀는 잠시 말을 잃었다가 피식 웃는다.

"후훗. 나이보다 노숙해서 내 또랜 줄 알았네."

나는 여자가 낯 뜨거워할까 봐 일부러 너스레를 떨었다.

"어려서부터 하도 고생을 많이 해서 요래 삭았습니다만. 노숙하다는 게 설마 벌써 늙었다는 소린 아니시겠죠? 하하."

"거기를 늙었다고 한탄하면 나는 어떻게 되고요. 서른네 살배기 노처녀인걸."

말하고 나서 여자는 어이없다는 듯 손바닥으로 이마를 짚는다. 긴 머리카락을 쓸어 넘기더니 혼잣소리로, "이 일을 어째. 이래도 문제 되진 않을까?" 그러면서 맥주 깡통을 새로 딴다. 나는 여자가 딴생각할까 싶어 얼른 큰소리를 쳤다.

"에이, 요즘 남녀 사이에 무슨 나이 차를 따집니까. 사랑에 있어서, 뭐 우리가 아직 거기까진 아니더라도…."

여자가 말을 가로챘다.

"혼자서 너무 앞질러 가네요? 벌써 무슨 사랑 타령까지나?"

그 말에 내가 겸연쩍어한다고 느꼈는지 재빨리 말을 이었다.

"남자들이 사랑에 있어 성급하다는 거 잘 알아요. 거기만 그러는 게 아니니까 제 말에 쑥스러워할 거까진 없어요. 제 말은 나이 차이 자체의 문제가 아니라, 행동이나 소통에 여러 어려움이 따를 거라는 생각이 들지 않을 수 없다 보니까…. 내가 아직 겪어본 적이 없어 심정적으로 받아들이기가 좀 그래요. 어쩜 그 나이 또래의 학생들을 다뤄 봐서 이러나? 참말로 이 무슨 일이래."

나는 겨우 이깟 나이 따위로 이 여자와의 인연이 끊기는 걸 바라지 않는다. 유부녀부터 나이 어린 여학생까지 여럿의 여성 팬들과 부대껴 봤어도 아무 탈이 없었다. 그러한데 이번이라고 별문제 있을까? 더군다나 처음으로 내가 진실한 사랑을 하겠다는데?

여자는 술이 한잔 들어가서 그런지 말수가 많아졌다. 그럴수록 나는 자질구레한 생각에 빠져들며 말이 줄어들었고, 이것이 갑갑한 듯 여자가 나서서 물었다.

"그런데 겨우 나이예요? 그렇게 물어볼 말이 없었어요? 이를테면 언니는 왜 죽었죠? 언제요? 어찌해서 그리 어린 나이에 자살하려고 맘먹었던 거죠? 뭐 그런 질문들이 있지 않나요?"

사실 궁금하긴 했다. 그러나 걱정이 앞섰다. 남의 일이래도 즉각 내게 영향을 미칠 게 뻔했다. 긁어 부스럼을 만든다고나 할까. 괜히 잠자는 사자의 코털을 건드리고 싶지가 않았다. 그러한데 그녀가 제 발로 그 이빨을 드러내겠다고 하니 몸이 절로 움찔거려졌다. 여자의 우울…. 절망으로 뒤덮인 그녀의 그늘이 필시 언니의 죽음 때문일 거라는 생각이 들었는데, 그 죽음조차 자살이었다니 이보다 더한 충격이 어디 있겠는가.

나는 두 눈을 질끈 감고 여자의 이야기를 듣기로 했다. 이제는 내가 재촉했다.

"그래요. 사실 무지 궁금했습니다. 때로 화딱지가 날 정도로요. 이왕 말 나왔으니 속이 후련해지도록 죄다 말씀해 보시라고요. 어렸다는 언니가 왜 자살하게 된 거죠? 어서 말씀해 보세요."

내가 일부러 서두른다는 걸 알고 여자가 큰소리로 웃는다. 깔깔깔…. 만나고 처음 듣는 호탕한 웃음소리다. 억눌렀던 어떤 감정이 한꺼번에 몸 밖으로 쏟아져 나오는 듯한 그런 기운이 느껴졌다. 여자는 자기감정을 추스를 겨를도 없이 웃음기 머금은 목소리로 과거를 끄집어내었다.

"엄마는 병실에서 죽음을 앞두고, 세 살 위인 언니와 일곱 살짜리인 저를 붙든 채 소리 죽여 우셨죠. 그때 이렇게 말씀하셨어요.

'엄마는 이제 하늘나라로 간다. 거기 가면 또 다른 세상, 아름다운 나라에서 행복하게 살 수가 있단다. 늘 가슴에 품었던 주님도 뵐 수 있고 말이야. 그런데 있지. 이토록 곱고 어린 너희들을 두고 가려니 마음이 아프다. 엄마 없어도 잘 자라날 테지만 쑥쑥 커갈 너희를 지켜보지 못하니 그게 서럽다.'

언니가 훌쩍거리자 엄마가 그러셨죠.

'이 엄마를 용서해라. 너희들을 두고 떠나서 마음이 정말 아프다.'

나는 울지 않았죠. 속으로 슬펐던 것 같은데 눈물이 나지 않았어요. 그렇게 엄마가 떠나고, 그 후로 언니는 나를 끔찍이도 챙겼죠. 마치 엄마 몫을 다하겠다는 듯이 말이죠."

"휴우~" 하고 나도 모르게 한숨이 새어 나왔다. 여자는 어느덧 웃음기 사라진 얼굴로 멍하니 나를 바라보았다. 속에서 아픔이 삐져나오는 모양이었다. 남 얘기인데도 이처럼 아파지니 그녀는 오죽할까.

여자는 흐트러진 마음을 가누려는 듯 소파에서 일어나 방 안을 서성댔다. 그러다가 차분하게 말을 이었다.

"엄마가 죽고 아빠는 바로 새장가를 들었어요. 마치 외로움에 겨워 주저앉을 때 찾아들 신의 소리를 두려워하듯이 말이죠. 기다렸다는 듯이, 그것도 한참 어린 처녀를 데리고 와서는,

'앞으로 너희들의 엄마가 될 분이다. 인사해라.'

그러는데 정말 무서웠어요. 어떻게 저 여자가 우리 엄마가 될 수 있지? 그렇게요. 언니는 엄마의 사랑을 빼앗고 집까지 꿰찬 새엄마를 싫어했나 봐요. 새엄마도 그걸 눈치채고 유달리 언니를 괴롭혔어요. 꾸짖고 때리고… 나는 그게 무서워 눈치만 보고, 제대로 언니를 감싸 주지 못했어요. 언니는 나를 꼭 끌어안고 그랬어요.

'새엄마가 너를 때리지 않아 다행이야. 반항하는 나만으로도 벅찰 테니까. 어쨌든 난 꼭 복수하고 말 거야. 죽어 귀신이 되어서라도 절대 용서하지 않겠어. 하늘의 엄마도 분명 우리 편일 거야.'

내가 그랬죠. '언니, 아빠한테 일러바치면 안 돼? 우릴 때린다고.'

언니가 그랬어요. '바보야. 아빠도 한패야. 같이 이불 속에서 속닥거리는 거 봤어. 믿지 마.'

나는 언니가 왜 그토록 새엄마를 미워해야 했는지 지금도 채 알지 못하지만, 언니가 강물로 뛰어들기 전에 내 손을 꼭 붙잡고 마지막으로 한 말을 잊지 못해요.

'혜미야, 너는 새엄마 눈칫밥 먹고 살아야 해. 끝까지 참다가 다

크면 뛰쳐나가. 그때는 뒤도 돌아보지 말고. 알겠지?'

언니의 그 말이 두고두고 나를 괴롭혔어요. 왜냐고요? 하루는 아빠가 내게 물었어요.

'네 언니가 엄마 돈을 훔쳤다던데 그게 사실이냐? 언니는 죽어도 아니라고 한다. 엄마가 봤다는데도 말이지. 너도 봤느냐?'

나는 처음엔 망설였죠. '아뇨, 못 봤어요. 언니는 돈 훔치고 그럴 사람이 아니에요. 새엄마가 언니를 미워해요. 그래 의심해서 그런 거예요.'

그리 말할까, 어쩔까 주저했죠. 아빠는 내 태도가 미심쩍어 다그쳤어요.

'너도 봤다며? 어서 바른대로 대라!'

나는 새엄마가 그 매서운 손찌검을 내게도 해댈까 봐 거짓말을 했어요. 새엄마가 저쪽에 앉아 있었거든요.

'봤어요.' 그 말에, 아빠 앞에 무릎 꿇은 채로 고개 숙이고 있던 언니가 얼굴을 들었어요. 언니의 그 눈빛. 처음엔 놀라고, 분노하다가, 마침내 연민의 미소를 지었어요.

'봤다고? 그게 사실이냐!'

아빠의 언성에 나는 흘끗거리며 떨리는 목소리로 말을 이었죠.

'아니요, 그게… 훔친 건 못 봤지만 가게 가서 과자 사는 건 봤어요. 과자 사서 제게도 나눠 줬어요.'

그때 언니가 그랬어요. '그 돈은 아빠가 준 돈을 남겨 놨다가 동생 사 준 거예요.'

아빠가 화내셨죠. '그래도 이놈들이! 도저히 안 되겠다!'

언니가 회초리로 맞았어요. 새엄마한테 벌 받아 점심을 굶은 언니는 또 두들겨 맞았어요. 악만 남은 언니의 표정을 보고서 아빠는 무작정 화가 나신 거였어요. 마치 사탄이 낀 아이 대하듯 말이죠. 나는 엄마를 잃고 몇 년 뒤 언니까지 잃고 나니, 가족이니 사랑이니 하는 부질없는 것들이 물거품처럼 내게서 사라져 버리더군요. 두고두고, 내 손을 붙잡고 부들부들 떨던 언니의 말만 떠올랐죠. '크면 뛰쳐나가.'"

여자가 맥주를 들이켠다. 멈추지 않고 끝까지 마셔 비웠다. 당장에라도 주저앉아 통곡해도 시원찮을 얘기이건만 여자는 멀쩡했다. 나는 그녀의 눈치를 보며 아무 말이나 해야 했다.

"울고 싶으시면 실컷 우세요. 저는 괜찮아요."

여자는 두서없는 내 말에 심연처럼 깊어진 두 눈을 동그랗게 모았다.

"나는 언니와 달리 성격이 모질지 못해 새엄마에게 공손했어요. 그러니 맞을 일도 그다지 없었고요. 언니가 죽고 나니 새엄마도 조금은 조심스럽게 나를 대한 까닭도 있었죠. 크면서 이런 생각도 들었어요. 언니가 복수한다고 했는데 왜 아빠 일은 더 잘될까. 새엄마도 저렇게 얼굴이 더 예뻐지기만 하는 걸까. 귀신이 없나? 하늘나라 엄마랑 놀기 바빠서 잊어먹은 거야? 그러다가 새엄마가 아빠랑 수군거리는 소리를 들었죠.

'아이가 왜 이젠 안 들어서지? 앞서 애 낀된 적 있어 그러니?'

나는 그 소리에 놀랐죠. '언니 짓일까? 복수로!'

지금 생각하면 어처구니가 없지만 그땐 그렇게라도 믿고 싶었어요. 언니의 흔적을 찾고 싶었어요.

'언니. 언니가 힘들 때 내가 도와주지 못해서 미안했어. 나만 편하자고 언니가 야단맞을 때 나는 몰래 숨기만 했어. 언니랑 힘을 합쳐 싸웠어야 했는데 미안해. 정말 미안해.'

…그러니까 중학교 입학을 앞둔 어느 날 저녁에 언니는 강물로 뛰어들었어요. 그날은 무척 추웠어요. 강물도 하늘도 빨갛게, 석양에 불타고 있었어요. 아빠가 개척교회를 연 지 얼마 되지 않았을 땐데, 사람들이 그랬어요. 사고로 죽었다고. 하나님의 어떤 뜻이 있을 거라고."

여자는 할 말을 다했는지 소파로 돌아와 안주 없이 맥주만을 마셔 댔다. 그러다가 내게 물었다.

"진수 씨, 내 모습 어때? 나 술 취했어요. 보기 싫지?"

"그만둬요. 나도 술 먹어서 뭐가 뭔지 모르겠어요."

나는 술김에, 알 수 없는 분노가 일어 다짜고짜 그녀에게 물었다.

"도대체 뭡니까? 그래서 그 어릴 적 기억 때문에 여태껏 힘들게 사는 건가요? 그걸 견디다 못해 때로 죽음까지도 각오하는 건가요?"

내 말에 여자가 벌떡 일어나 언성을 높인다. 자칫 감정이 터질지도 모르겠다.

"힘들게 살고 말고가 내 맘대로 되는 일이에요? 일부러 자학하고 일부러 인생을 탕진하면서 일부러 죽으려는 사람이 어디 있겠어요? 생존 본능을 거스르는 일은 아무나 할 수 있는 게 아니더라고요. 솔직히 나도 여러 번 시도를 해봤지만, 쉽게 되지 않아요."

갑자기 그녀의 목소리가 한풀 꺾이더니 금세 풀죽은 모습으로 주저앉는다.

"이번에도 노랫소리 하나로, 겨우 그거 때문에 포기해 버릴 정도로 유약한 의지라고 해야 할까? …그래, 나는 언니처럼 모질지가 못했어. 그때 언니 편에 섰어야 했어."

이대로 둬선 안 되겠다. 나는 이쯤에서 여자의 마음을 돌려놓고 싶었다. 즐거웠던 순간의 그 기분으로 돌아갈 가장 빠른 지름길은 노래일 것 같았다.

"혜미 씨 있죠. 내가 혜미 씨를 위해, 그리고 우리의 만남을 자축하기 위해 작은 콘서트를 열까 하거든요."

"그래요? …어떻게요?"

"잠시만요. 바로 준비해서 멋진 노래를 하나 선물할까 합니다요."

나는 얼른 휴대전화로 한국의 동료에게 전화했다. 저잣거리처럼 시끌벅적하게 만들기 위해 일부러 스피커 음성으로 했다. 마침 동호가 전화를 득달같이 받는다.

"형, 어쩐 일이야? 한국 왔어?"

"아니, 아직 독일인데 거기 몇 시야?"

오후 두 시란다. 연습실인데 다들 점심 먹으러 가서 아직 안 오고 혼자란다. 그러면서 누구랑 같이 있냐며 날 놀린다.

"형이 전화를 다 하고. 거기가 밤인 모양이지? 큭큭."

지금은 농담하고 있을 형편이 아니다. "딴 게 아니고, 내가 지금 노래를 한 곡 불러야 하거든. 네가 반주해 줘야겠다."

아니나 다를까. 녀석이 탄성을 지른다.

"오우! 이거 진짜로 누가 있구나. 누구야? 그 먼 데까지 누가 따라갔을까? 큭큭."

이런! 한 번 농담을 받아 주면 끝이 없을 녀석이다.

"동호야. 장난은 나중에 하고, 알지? '그대와 춤을' 그걸로 가자. 반주 준비되면 바로 카톡 보내. 화상통화로. 알겠지?"

녀석이 엉뚱한 소리를 내뱉을까 봐 후딱 전화를 끊었다. 가사를 떠올리며 목소리를 가다듬는데 녀석한테서 금방 화상통화가 왔다.

"형. 형의 체면을 생각해서 근사하게 연주해 줄까 했는데 형들이 안 오네. 오늘은 그냥 내가 전자기타로 특별히 연주해 줄게. 휴대전화 볼륨 잔뜩 올리고 들어갈 때 신호 줘."

"오케이. 지금 바로 들어갈게. …원, 투, 원 투, 쓰리, 포!"

전주곡이 울려 퍼진다.

"어머, 이 뭐지? 이래도 되네?"

제법 그럴싸한지 여자는 이상야릇해 하는 표정으로 살짝 미소를 짓는다. 조금 감동까지 먹은 듯하다. 나는 반주에 맞춰 노래를 불렀다.

사람들이 모여들어 이 강가에 집을 짓고
눈빛으로 사랑을 나눌 때에 푸른 하늘 더 푸르라고
강물 따라 흘러가라고, 입술 열어 플루트를 불러다오
산새들이 수풀 꼭대기로 날아오르고
내가 곱디고운 목소리로 그대를 찾아 나설 때에
오! 저 하얀 구름이 내 사랑 따라 내려오도다.

나는 노래를 부르다가 그녀의 손을 붙잡고 일으켜 세웠다. 처음에는 얼떨결에 내 율동에 맞춰 이끌리어 춤추는 듯했으나 도중에 털썩 주저앉는다.

> 나는 그대를 찾아다녔고
> 그대는 어둠에서 사랑을 찾았으니
> 이 야산에서 손짓으로
> 첼로와 기타 줄을 또다시 튕겨다오
> 그대 앞에서 내가 노래를 부르겠노라

나는 계속해서 노래를 부르다가 또다시 그녀의 몸을 이끌어 같이 춤을 추었다. 나는 춤을 못 춰요. 뿌리치며 했던 말이 무색하게 그녀는 감각적인 춤을 추어 진정 나를 기쁘게 하였다. 그러나 뜨겁게 이어가지는 못하고 물러나 벽에 기댔다.

> 이제 내가 노래를 부르노라.
> 그대는 기쁨의 노래에 행복의 춤을 추고 있으오
> 그대가 추는 춤에 악사가 반주하고
> 나도 어울려 가슴속 북 장단치리니
> 저 숭어가 뛰어올라 덩달아 손뼉 치겠고
> 그러나 사랑하는 그대여,
> 그대의 어여쁜 춤과 어우러져
> 그대 앞에서 영원토록
> 이내 노래를 부르게 하여 주오

노래가 끝나자, 여자의 들뜬 박수와 함께 휴대전화에서 환호가 터져 나온다.

"야호!"

언제 왔는지 동료들이 몰려와 휴대전화를 옮겨가며 얼굴을 들이댄다.

"야, 어디냐? 잘해 봐라."

"노래, 오늘이 최고였어."

"형, 알지. 무리하지 마."

"얼핏 보니 엄청 미인이던데 어찌된 거냐?"

뒤죽박죽으로 외치는 민망한 소리를 그냥 놔둘 수가 없다.

"어허, 왜들 이러시나. 하하. 끊는다. 영산서 보자."

불편한 소리들이 동료들로부터 쏟아질 것 같아 얼른 휴대전화를 꺼 버렸다. 빨리 불을 꺼야겠다는 생각이 앞섰다.

"애들이 원래 좀 이렇습니다. 머슴아들이란 게 없는 소리도 만들어 내고 좀 많이 짓궂죠. 기분 나빴다면 이해하세요. 헤헤."

"음악을 해서 그럴까? 요란하긴 해도 사람들이 가식이 없어 보여요. 동료들끼리 많이 친한가 봐요?"

"한솥밥 먹으니 식구죠."

"네, 그렇겠어요. 참, 거기는 가족이 어떻게 되어요?"

처음으로 가족관계를 물었다. 관심을, 이제 구체적으로 갖게 되었나?

"아버진 일찍 교통사고로 돌아가셨고 엄마와 형 하나, 그렇게 삽니다. 형은 빠듯한 회사원이고요."

"네. …그래요. 아 참, 늦었네. 방금 꼬마 콘서트 고마워요. 노래 정말 좋았어요. 감동적이었어."

"금방 원기를 되찾은 것 같아 제가 오히려 감사하죠. 오늘 이후로 지난 것들일랑 훨훨 털어 버리고 새 출발 하는 마음으로 내일을 맞이합시다. 어때 괜찮죠?"

마치 홍보물 문구를 읽는 양 어색했지만 그녀에게 희망의 메시지를 던져주고 싶었다. 내게 화답하듯 그녀가 활짝 웃는다.

"그래요. 그럴게요."

웃는 모습에, 그게 그녀의 진심이자 의지일 거라는 생각이 들었다.

그러나 그 생각은 오래가지 않았다. 자다가 오줌 마려워 눈이 번쩍 뜨였는데 그때 여자의 숨죽인 울음소리가 드문드문 들려온 것이다. 아무래도 그녀의 억눌린 감정이 술기운에 터뜨려진 모양이다. 지금 몇 시나 됐을까? 나는 괜시리 발코니 창문을 열어 밖을 내다보았다. 설마 밤새껏 저러는 건 아니겠지? 내일은 발걸음도 옮겨야 하고, 청승맞게 비가 오지 말아야 할 텐데. 이 야밤에 부질없이 별들을 헤아리겠다는 꿍꿍이로 밤하늘을 올려다보았다. 어쨌거나 이번에도 어김없이 같이 술 먹은 여자가 울고 있다. 이것도 징크스인가?

한가롭기 그지없는 아침인 듯하다. 눈앞에 푸른 바다의 흰 포말이 구슬 알갱이로 부서지는 어느 바닷가 마을이다. 나는 테라스 탁자에 앉아 모카커피를 마시고 있다. 창가엔 괭이가 햇살에 앞발을 길게 뻗고 참새가 치자나무를 오르내리며 종알거린다. 갈매기는 보이지 않는다. 이 산뜻한 기분은 그러나, 불쑥 내 뒤를 덮치는 어둑한 그림자의 체취에 뿔뿔이 흩어진다. 그러니까, 심하게 두근거리는 가슴속의 열기를 뱉어내면서 나는 이미 바람을 닮아 버린 그와 이별의 섹스를 치른다. '댕댕댕~' 하고 괘종시계가 둔탁하게 세 번을 울린다. 이때쯤이면 태양을 놓쳐 버린 고들빼기 꽃잎처럼 물먹은 영혼이 두 눈을 부라리며 삶의 고뇌를 노려보기에 적당한 시간이긴 하다. 나는 그렇게 떠나보내고 싶지가 않았다. 그날만큼은 두견이가 구슬피 울 때까지 그를 끌어안고 살 냄새를 맡으려 했다.

"그대여, 내 손을 놓치지 말아요. 저 깜깜한 물속으로 빠져들게 될 거에요. 끝까지 내 영혼을 붙잡아 주어요."

그러나 굴곡진 세상은 몹쓸 감정을 가만두지 않는 것. 허무하게 앉은 나를 등 뒤로 하고, 그는 노을의 언덕길을 넘어간다. 넘어진 위스키 술병이 식탁에서 출렁거린다. 푸르스름한 저녁 바다에 장대비가 내리고 창문을 헤집고 들어온 비바람이 나의 가슴을 마구 덥힌다. 저기 어부 집의 아이는 또 칭얼대기 시작한다. 나는 위스키를 단숨에 들이켠다. 식탁에 뛰어오르는 괭이의 도발적 눈빛을 노려보며 뜨겁게 타오르기 시작한 목젖을 눅여야 했다. 나는 알몸으로 침대에 파고든다. 그리고 밤을, 하얗게 태우기 시작한다.

이걸 두고 악몽이라 그러는지, 괴상한 꿈에 시달리다가 깨어났다. 이루지 못한 사랑에 대한 원망이 무의식적으로 표출된 것일까. 그렇다면 나 역시도 박세준, 그와 마찬가지로 성애에 대한 갈망이 저 깊숙한 곳에 도사리고 있었던 것일까. 날은 이미 환하게 밝았다. 이번엔 또 누가 나를 깨워 이 혼돈의 세계로 밀어 넣을까? 이 봄에 듣기에는 너무 청승맞은 멜로디 같다. 아무래도 바꿔야겠다.

휴대전화의 바이올린을 켠 이는 아버지다. 이제는 지친 듯 웬만해서는 연락하지 않던 아버지가 어쩐 일일까.

"어쩐 일이세요?"

대뜸 학교를 왜 그만뒀냐고 묻는다.

"그렇게 됐어요."

한참을 나무라더니 다른 곳을 알아봐 뒀으니 이력서 들고 찾아가기 보라고 디그친다.

"당분간 좀 쉬고 싶어요."

아직도 세상 물정 모르고 덤벼든다며 나를 꾸짖고는 결혼 얘기를 들먹인다. 그러다가 박세준과는 어찌 됐냐고 묻는다. 그가 하도 졸라 아버지와 한 번 대면한 적이 있었다.

"진작 헤어졌어요."

아버지는 그가 별로 마음에 차지 않았었는지 딴말 없이 목사님답게 한참을 설교하다가 마무리를 짓는다. 집에 꼭 한 번 들르라 한다. 일부러 피하는 걸 알고 있으니 와서 대화로 풀자고 한다.

"시간 내서 한 번 찾아뵐게요."

가끔 나누는 통화를 늘 이렇게 끝냈다.

아버지, 나의 절망을 아세요? 딸의 절망을 느끼느냐고요. 나를 무지로 빠뜨릴 설교는 이제 좀 그치세요. 하지 말라고요. 하긴 외로움을 모르고서 어찌 절망을 알까요.

그렇게 몇 번이나 말하려고 했다. 그러나 속으로 그쳤다. 속으로만 외쳤을 뿐이다.

그런데 대화로 풀자고? 언니를 죽음으로 몰아간 새엄마의 횡포를, 그때 말하지 못했는데 지금 와서 말한들 무슨 소용이 있을까. 말한들 아버지가 알아먹을 수 있을까. 많은 이들을 사랑하노라고 설교하는 아버지가 정작 딸을 사랑하기나 할까?

아버지는 그 지역에서 잘나가는 유명인사다. 기득권의 사람들과 세력을 형성하여 여론을 주도하는 인물로 자리 잡았다. 박세준도 이 점을 노려 내게 청탁한 적이 있었다. 아버지의 친구이자 교회 신자가 그곳 사립대학의 이사장이라는 거다. 당시 떠돌이 강사에 불과한 그가 탄탄대로의 조교수 자리를 탐하는 건 어찌 보면 인지상정일 수도 있었다. 사랑하는 사람을 위해 그 정도도 못할까. 문제는 아버지에게 내가 부탁해야 한다는 거였다. 죽어도 있을 수 없는 부탁인지라 나는 힘겹게 거절하였다. 아버지와의 심각한 관계를 모르는 그로서는 그때 엄청 실망하였을 것이다.

박세준은 점차 부녀 사이를 의심했고, 나는 곧이곧대로 일러주었다. 나는 그가 나를, 내가 갖는 정신과 육체를 사랑하는 줄로 알았다. 그때까지는….

지금 돌이켜 보면 박세준은 그때부터 바빠지기 시작했다. 나를 찾는 횟수가 급격히 줄었고 내가 불러서야 간신히 만나고 했던 기억이 많았다. 그러면서 결혼 때까지 참기로 약속했던 섹스를 내게 노골적으로 요구했고 당연히 나는 거절했다. 그는 내가 거절할 걸 알면서도 그것으로써 나를 향해 불만을 드러냈고 행동까지 거칠어졌다.

그리고 그걸 내세워 이별을 통고했다. 사랑이 어찌 섹스일 수 있냐며 항변하기도 했으나 이미 식어버린 사랑임을 알아차리고 그와의 이별을 받아들였다. 지금 생각해 보니 그것은 구실에 불과했다. 수경이로부터 들은 얘기가, 나를 무지몽매한 사랑으로부터 겨우 벗어나게 해주었다. 내게서 떨어져 나가기 위한 하나의 술수였다는 생각에 문득 분노가 치밀었다.

다투듯 피던 벚꽃도 고작 봄비 자락에 무참히 져버리듯, 박세준과 치렀던 이별의 정서가 애수에서 분노로, 그랬다가 금방 회의로 바뀌었다. 이것이 나의 본모습인지 모른다. 삶의 회의. 이제는 너무나 익숙해진 내 삶의 방정식. 이 각박한 삶에 있어 무엇을 안아야 실존이라 말할 수 있을 것인가.

내 삶에 있어 환절기 같기만 하던 잔인한 봄날이 꾸역꾸역 지나갔다. 그러던 어느 날. 어쩐 일인지 박세준, 그가 나를 보자고 한다. 그를 만나러 지금 명동 밤거리를 걷고 있다. 아무리 여름이라지만 너무 덥다. 비조차 내리지 않는 불볕더위로 숨이 턱턱 막힐 지경이다. 그는 운이 좋았던 걸까. 서울 외곽에 위치한 대학의 조교수로 있다. 하긴 실력이 모자란다고 할 수가 없다. 역사를 전공하고 인문학을 가르치는 그의 뛰어난 화술과 풍부한 지식에 감탄하곤 했으니까.

그와 약속한 근처에 다다르자 나는 속으로 약간 놀랐다. 이름만 듣고서는 몰랐었는데 찾고 보니, 우리가 같은 대학의 강사로 만나 연애를 막 시작했을 때 가끔씩 만나던 술집이었다. 젊은이를 상대하느라 음식값이 저렴했고 자그마한 연못과 분수에다 집 둘레를 목재와 조각 따위로 꾸민 그럴싸한 풍경의 공간이었다. 쿵쾅거리는 팝송에 생맥주를 시켜 놓고는 역사와 철학 나부랭이를 읊조리던 곳이었는데, 왜 이곳에서 만나자고 했지?

만날 약속은 그가 해놓고 한참을 오지 않아 나를 당혹케 하더니 마침내 헐레벌떡 어디선가 나타났다.

"차가 많이 밀렸어."

밀릴 줄 몰랐나? 예전과 달랐다. 그가 달라졌다기보다 뭣보다 그를 대하는 내 마음이 달라졌다. 그가 내뱉는 말 한마디가, 그리고 행동 하나하나가 의심쩍었고 언짢았다. 그는 늦게 오고서도 미안쩍어하기보다 여전히 바쁜 듯 불안한 기색을 비쳤다.

"어찌 지냈어?"

그는 옛날처럼 맥주와 닭 요리를 시켰고 나는 군소리 없이 따랐다. 박세준은 닭 다리를 뜯으며 입속에 잔뜩 삼키고서야 마음이 차분해졌는지 화장한 내 얼굴과 그리고 옷차림에 눈길을 주었다. 필시, 이곳의 은은한 조명을 받아 내 얼굴의 윤곽이 더욱 뚜렷해지고 현란한 색조가 더해져 한층 신선한 여인으로 비칠 게다. 남자들은 낯설어 보이면 그렇게 먹혀든다고 하니까. 더군다나 집에서 대충 가다듬던 머리까지 미용실에 가서 손보았었다. 그로부터 만나자는 전화가 왔을 때, 나는 생애 두 번째로 공들여 치장하였고 시간과 돈을 아낌없이 썼던 것이다.

그는 얘기 중에 얇은 블라우스 속으로 비치는 하얀 브라 쪽에 눈길을 던지곤 하였다. 거기에는 알맞게 풍만한 내 젖가슴이 골짜기를 이루고 있다. 전 같으면 야하다고 한소리 했겠지? 그러고 보니 이 사람 앞에서 야하거나 노출이 심한 옷을 입어 본 기억이 별로 없다. 늘 조신하게 행동했으니까. 널찍한 식탁이 앞에 놓여 있어 그는 아직 내 짧은 미니스커트에 드러나는 허벅지를 볼 수 없을 게다. 길쭉한 하이힐을 신고서도 얼마나 자유롭게 걸을 수 있는지 내 몸매를 보여주리라. 당신을 만나기 전에 내가 얼마나 아름다웠으며 자유로웠는지 알게 되리라. 내가 이런 식의 차림새로 그때 아버지를 얼마나 자지러지게 만들었는지 그대는 짐작이나 할까.

"여기가 기억나던가 봐요?"

"응? 인제 와 빘었니?"

뜻밖에 그는 이곳을 기억하지 못했다. 아니, 나와의 만남을 놓쳤다. 지나치다가 눈에 띄었다고 둘러대는데, 다른 여자들과 들락날

락하지 않았을까. 이러니 동네방네 소문났겠지. 이 사람이 이런 남자였다니? 내가 바보 멍청이였어. 나는 속에서 올라오는 불쾌한 감정을 감추려고 애써 미소를 지어 보였다. 그가 사소한 잡담 외에, 별말 없이 술만 마시고 있기에 먼저 말을 꺼냈다.

"나를, 왜 보자고 했어요?"

그가 내 눈치를 보며 망설이고 있다.

"이렇게까지 꾸미고 나올 줄 몰랐다. 아직 미련이야 남겠지. 내가 미안해서 얘기하기가 그렇다."

콩깍지가 정말로 있는 것일까? 내 눈에 씌워진 이 콩깍지라는 놈이 한 꺼풀 벗겨지자 그의 볼품없는 몰골과 가식의 몸짓이 내 눈을 어지럽혔다. 지성으로 포장한 위선적인 언어 사용조차 역겹게 들려왔다. 고상한 단어와 수려한 문장의 나열 속에 도사린 저 거짓과 조작. 분명히 말하건대, 악마야말로 인간들의 내면에서 귀신처럼 불거져 나오는 저 희끗한 존재를 두고 이르는 것이리라.

나는 나 자신조차 불결하게 느껴져 더 이상 자리에 머물러 있을 수 없었다. 떠나려고 자리에서 일어났을 때 그가 그랬다.

"나, 곧 결혼해. 결혼할 여자를 굳이 말할 필요가 있을까 하고 여러 각도로 검토해 봤는데."

"그게 뭐가 중요하죠?"

"아무래도 자기 친구이고 해서 일단은 알려줘야겠다는 생각이 들어서."

"됐어요. 이름 따위 들을 필요 없어요. 어차피 만나지도 않는 애들인데."

내가 의자에서 빠져나오자 그의 시선이 내 허벅지 쪽으로 향했다. 나는 그의 면상을 사정없이 한 대 후려쳤다.

그렇게 끝난 줄 알았다. 모든 불쾌한 것들을 훌훌 털어 버리고 일상의 나로 돌아가는 줄로 알았다. 얼마 동안은 태연한 척하며 여러 친구도 만나고 남자들과 어울려 술을 마시기도 하였다. 그러나 시간이 흐르면서 점차 모든 일에 의욕을 잃어버렸다. 내게 유일한 생계 수단이었던 과외마저 대학 후배에게 넘겨주고서 마침내 현실도피적인 방편으로 여행을 떠올렸다. 어디로 가나?

가서는? 돌아와서는? 너무도 막막한 현실 앞에 나는 주저하였다.

나는 언니의 유언대로 대학에 들어가자마자 집으로부터 달아날 궁리를 하였고 이루었으나 돈 앞에서는 무기력했다. 대학을 졸업할 때까지 아버지의 재정적 지원을 받았고 그것은 내가 직장에 다니면서 돈을 벌게 되었을 때까지도 계속되었다. 그러했던 까닭은 최대한 아버지로부터 돈을 뜯어내는 거였다. 어차피 그 돈은 아버지의 몫이 아니다. 헌금을 거둬들여 불쌍한 이들을 위해 쓰기로 한, 따라서 마땅히 받을 자격이 있는 나다. 그만큼 불쌍하게 자랐고 지금도 그러하게 살고 있으니, 양심에 꺼릴 것 없다며 갈등이 생길 때마다 나 자신을 다독였다. 월급을 모은 돈과 주택 구입비, 심지어 결혼 준비금 등의 명목을 갖다 붙여 뜯어낸 돈으로 미국 유학길에 올랐고, 거기서 아르바이트뿐만 아니라 여전히 지원을 미치지 않는 아버지의 유학 보조금까지 빠짐없이 챙겼었다. 그런 돈이 다 어디서 생겨났겠나.

돌아와서는 끝냈다. 대학 강사와 과외수업, 여전히 남아 있는 돈을 활용하여 홀로 독립해서 살 자신이 드디어 생겼다. 그만큼의 세월을 읽을 줄 아는 나이도 되었기 때문이다. 남자도 만났고 비로소 내게 평화가 찾아왔다. 그렇게 행복한 나날이 지속될 줄 알았다. 심지어 언니로부터도 자유로워져 그 존재조차 곧잘 망각하곤 했었다. 그러나 그 사랑과 평화의 두께가 점점 얇아지고 빛이 바래져 어둑해져 갔다. 애써 외면하려 했던 눈앞의 현실과 맞닥뜨리지 않을 수 없게 되었다.

배신과 결별. 원래 세상이 그러려니 하려고 했다. 그보다 더한 고통도 감내한 나였지 않으냐. 그런데 차마 봐서는 안 될 장면을 직접 목격하고야 말았다. 나중에 풍문으로 들려왔어도 이러지는 않았을 것이다.

영은이가 내게 전화를 했다. 하필이면 패키지 여행으로 남미대륙을 결정지으려던 참이었다. 이 전화로 내 인생행로가 결국 바뀌어 버렸다.

"혜미가 오해할까 싶어 전화했어. 나, 절대 그런 여자 아니다. 수경이 그년이 나를 팔아먹은 거야. 내 말 믿기 힘들지? 어떻게 소문났는지 다들 그리 알고 있던데 너야 오죽하겠어? 잘 들어. 내가 지금 말하는 곳으로 오늘 밤 열 시에 가 봐. 아니, 그것들이 조금 일찍 올지도 모르겠네. 여유 있게 한 아홉 시쯤 해서부터 지켜보는 게 좋겠어. 그때 되면 내 결백을 알게 될 거야."

"대체 왜들 그래? 이미 지나간 일을 가지고. 그게 그리 중요해?"

그러나 전화를 끊고 나서는 궁금해서 견딜 수가 없었다. 무엇이 사실이고 어디까지가 거짓인지 이 두 눈으로 똑똑히 확인하고 싶은 충동이 불꽃같이 일었다.

박세준은 오수경과 같이 있었다. 술에 취해 시시덕거리며, 서로 부둥켜안은 채 호텔 객실 문을 열고 그 안으로 들어가는 것까지 보았다. 무슨 정신으로 거기까지 따라갔을까. 이미 찢겨질 대로 찢겨진 상처에 흠집을 새로 내고 곪아 터져 기어이 살점을 도려내는 아픔을 자초하고 싶었던 것일까.

나는 옷가지를 움켜쥐고 그 자리에 주저앉았다. 깊은 저곳에서 영혼이 흐느꼈다.

마른하늘 날벼락이
벗은 나무에 불 지르고
젖는 강물 거친 물살이
난파선 얼려버리는
그래서 연기가 젖어들거나
산산이 부서져 흩어지거나

그거면 됐나 했다
삶의 인간이 쳐 놓은 그물에 걸려
절망 너머 질투를 남기까지는
그리하여 우주가 무너지거나
해탈의 종말이 다가오거나

그게 아니면 하늘을 날았다는 사실에
피 적시며 구르는 폭풍의 수레에 얹혀
죽기까지 날갯죽지를 퍼덕인다 할 것이다

다음 날 아침, 바스락거리는 소리에 눈을 떴다. 소낙비 끝에 햇살이 더 눈부시다고 했던가. 여자는 손거울을 비추며 화장하던 손을 멈추고 활짝 웃는 낯으로 나를 반겼다.

"오늘 햇살이 참 눈부셔요."

목소리에 생기가 돌았다. 밤무대 생활하느라 짙은 화장의 여인을 수없이 봐 왔고 그 탓에 화장기 없는 여인의 얼굴을 마음에 담아 왔었지만, 오늘 그녀의 화장이야말로 참으로 예뻤다. 그녀의 고독이 분칠에 녹아들고 햇살이 저 화사한 뺨에 영글기라도 한 걸까.

"눈두덩이 좀 부었어."

여자는 어젯밤의 격정을 의식한 듯 중얼거렸다. 그러나 내 눈에는 한 떨기 산머루 같은 까만 눈망울에 이슬이 맺혀 반짝거릴 뿐이었다. 푸른 가지에 앉은 동박새들의 지저귐인 양 여자의 온몸이 활기로 넘쳤다.

이것이로구나. 넘어져도 그 땅을 딛고 일어서야 하는 것임을….

우리는 드레스덴의 오랜 성당과 시가지를 돌아보았다.

"진수 씨, 우리 저기 가 보자."

굴다리 밑에서 들려오는 오페라 성악 소리에 손을 맞잡고 달려 갔다. 물론이지, 처음으로 내 이름을 불러준 그녀의 목소리를 내 어찌 잊으랴.

그곳에는 미리 녹음한 연주곡을 틀어 놓고서 남녀 집시 둘이서 율동을 섞어 가며 아리아를 열창하고 있었는데 높은 천장과 텅 빈 공간에서 오는 울림이 그들의 화려한 성량을 한층 돋보이게 하였 다. 나는 그들의 가창력에 도취된 듯 슬그머니 끌어안았고 그녀는 내게 꼭 안겼다.

우리는 맘 먹은 일정과 엇비슷하게 유럽의 여러 도시를 돌았다.

그리고 크로아티아 수도인 자그레브 공항에 도착하자마자 차를 빌렸고, 내비게이션 지도에 따라 예약한 숙소를 향해 달렸다. 날 은 아직 환하건만 여독이 몰려드는 바람에 나른한 육체를 뉠 아늑 한 침대가 자꾸 눈에 어른거렸다.

"진수 씨, 졸면 안 돼. …졸지 마!"

여자의 날 선 목소리에 후딱 차창을 열어젖혔다. 그리고 음악 콤 팩트디스크를 밀어 넣었다. 여자는 졸지 못하게 하려고 말을 걸어 왔다.

"다녔던 도시 중에서 프라하가 제법 인상적이었어. 건물이나 음 식, 여러 것들이 다양하고 인심도 좋았어. 자기는 어땠어요?"

열기를 내뿜는 바람의 이중성이 열린 차창으로 들이닥치자 여 자의 목소리가 덩달아 소란스럽다. 그녀도 이 순간을 즐기려는 듯, 선글라스 낀 얼굴을 휘감으며 깃발처럼 나부대는 머리카락을 내버려두고 있다.

"저야 당연히 다뉴브 강가의 노천온천이 좋았죠. 하하."

"어휴, 정말 짓궂어!"

노래가 흘러나오자 카스테레오의 볼륨을 양껏 높였다. 콘서트 무대에 열광하는 관중의 아우성이던가. 빵빵 터지는 리드미컬한 팝의 리듬과 마구 펄럭이는 열풍의 열기를 흠뻑 맞으며 이 뜨거운 열정의 기분을 만끽하고자 하였다.

"이 뭐지? 못 듣던 노랜데?"

"하하. 아는 노래가 뭐예요? 야니의 타지마할, 라이브 공연이에요!"

"야니? 이 뭐야? 이상한 소리도 나고 그러네?"

"으하하. 여기 오니 살 것 같아요. 세상이 열기로 후끈거리고 이제 남은 티셔츠마저 벗어던지게 되겠어요. 흠."

"자긴 그러지 마. 좀 있음 그런 남자들 보게 될걸? 후훗."

우리는 남쪽으로 내려오면서 점점 옷차림이 엷어지고 벗겨졌었다. 오가는 주민과 나그네들 모두 너나없이 노출에 이골이 난 모습이었기에 따라가다 보니 자연스레 그리되었다. 한편으로 사실 나는 그랬다. 날씨가 더워지자, 차츰 그걸 구실로 그녀에게 나의 남성미를 과시하고픈 충동에 빠지곤 했었다. 술자리에서 사내들끼리 내뱉는 소리로, 본디 교양 있고 지성적인 여자들일수록 단순하면서 육감적인 남자의 체취와 근육질을 즐기고 그리워한다지 않던가. 맞나? 암만 요리조리 머리 굴려도 그 우스갯소리가 믿기지 않지만 어차피 내가 가진 게 노래와 육체뿐이지 않은가. 그거로라도 여자의 환심을 살 수 있다면, 그리하여 사랑을 얻을 수만 있다면 나로서는 이보다 더한 구애 작전이 어디 있겠나?

어쨌거나 헤엄 못 친다는 그녀를 수영장에 빠트려 놓고, 한 수 가르쳐 주겠다는 핑계로 비키니 차림의 그녀 육체를 맘껏 희롱한 헝가리의 그날 밤 수영을 잊지 못하겠다. 여자는 내 손아귀에서 벗어나려고 언뜻 발버둥을 치면서도 육감적으로 끌어당기는 그녀의 반라가 기꺼이 내게 몸을 던졌었다. 아쉽게도 그날 그때뿐이었지만.

"무슨 생각해? 아, 더워!"

이 말을 듣자마자 불쑥 농담하고 싶어졌다. 여태껏 그녀의 심중을 알아내고자 얼마나 애태웠더냐.

"에고, 나도 원래는 생각이 많은 놈인데. 남 생각하느라 이러고 있으이."

여자도 겉옷을 벗어던졌다. 짧은 반바지에 헐렁한 민소매 한 장만 남아 바람에 펄럭거린다. 나는 연갈색 선글라스 너머로 여자의 젖무덤을 흘끗 보았다. 저기 묻혀 봤으면, 그날이 언제일까. 여자와의 순수한 대화와 감정 나누기, 이것만으로도 내게 있어 호강이 분명했지만 그럼에도 나는 그녀와 살을 섞지 못하는 이런 형편들에 목말라 허덕였다.

"연주가 황홀하지 않아요? 이 곡 앞에서는 잡념 불허죠."

나는 연주곡에 심취한 양 더욱 몸을 흔들어 대었다. 앞으로 계속 남쪽으로 갈수록 이처럼 열기가 더하겠지. 지금쯤이면 아테네와 가파토키아는 어떤 날씨일까? 뙤약볕이 작렬하는 뜨거운 바람에 숨이 턱턱 막혀 오지나 않을까. 여자의 얘기로는 그렇다고 해서 가지 않기로 했었다. 마지막 목적지는 두브로브니크이고 거기서 바로 한국으로 돌아갈 것이다.

그러니 암만 생각해도 이러고 있을 때가 아니다. 웃통을 훌훌 벗어던져도 아무 거리낌이 없는 이곳 어딘가에서 사랑을 이루어야겠다. 정신적 사랑뿐만 아니라 뜨겁게 육체의 불꽃까지 활활 태워야겠다. 그러지 않으면 한국에 닿는 즉시, 우리의 사랑은 바스러지는 재를 남긴 채 허무하게 꺼져버릴지도 모른다. 여기는 낭만이고 거기는 현실이니까. 아, 그래도 서두르지는 말자. 밑도 끝도 없이 짐승처럼 달려드는 남자를 좋아할 여자가 어디 있을까.

"다 와 간다. 내비가 백 미터 가서 왼쪽으로 꺾으라 하네."

시가지에 다다른 것 같아 나는 급히 볼륨을 줄였다.

무상한 존재의 그곳. 진리로 가득한 그곳이 어디일까. 스님에게
는 그곳이 절간이나 부처 혹은 산 같은 자연이 될 수가 있겠고,
다른 종교인이나 철학자에게는 그들만의 지성소가 그곳이 되겠
지. 나로서는 이 땅에서 찾을 수가 없다. 없다는 마음이 만들어
내는 제각각의 허상의 땅에 세운 공간이 그곳일 리 없고 아직도
죄악에 물든 마음이 그곳을 발견할 리가 없다.

　그리스도와 석가모니는 윤회에 찌들고 속죄에 허덕이는 사람들
을 구원하기 위해, 그랬다. 이제 윤회를 끊고 죄악을 벗어 다시는
태어나지 말라고 했다. 이 땅에 사랑과 자비가 없다면, 그것을 더
이상 기대할 수 없다면 고통의 이곳에서 벗어날 길을 찾으라 했다.
이곳을 벗어나면 저곳이니까. 그 길이 어디 있을까. 때로는 자살도
하나의 방편이다. 고를 끊겠다는 다짐으로 죽어 이 땅, 이 몸에서
달출히는 것이디. 그리히여 무상무념의 땅, 븐래 있었던 그긋으로
돌아가는 것이다. 영생불멸의 의식체든 무상무념의 무아든, 다시
는 돌아오지 않고 거기 그 어떤 상태로 그저 있는 것이다.

술기운에 지쳐 상념이 꼬리를 무는 선잠으로 뒤척이고 있는데 '삐꺼덕' 하고 창문 열리는 소리가 들려왔다. 남자가 눈을 뜬 모양이었다. 이윽고 내 메마른 가슴을 적셔 주려는 듯 주룩주룩, 빗소리가 들려왔다.

아, 내 마음에 내린 봄비였을까. 겨우내 추위를 견디고 돋아나는 파릇한 새싹인 양, 그네 사랑이 내 가슴에 심겨 사리살짝 움트는 이 설렘을 감출 수가 없었다. 어떤 옷을 좋아하려나? 나는 남자를 의식하여 차분한 블라우스와 긴 치마로 갈아입고 정성 들여 화장을 하였다. 다행히 이 아침, 그는 나를 보곤 눈부셔 하였다.

우리는 오페라의 율동처럼 드레스덴의 풍물을 돌아보았고, 유럽의 여러 도시를 돌았다. 누가 먼저랄 것도 없이 가끔 슬그머니 끌어안기도 했다. 손을 뻗으면 사랑의 감촉이 느껴지는 그곳에 그가 있었다.

남들이 보기에 연인이나 다름없었다. 얼핏, 박세준의 행각이 이런 거였을까 하는 생각이 스쳤다. 아무런 일도 없는 우리인 것처럼…. 아니, 이것을 두고 아무 일 없었다고 해도 되는 것일까?

우리는 자그레브에 도착하였고, 차를 빌려 시가지 일대를 돌아다녔다. 남자는 남쪽으로 내려가면서 점점 옷차림이 야해져 갔었다. 나도 이제는 별수 없어 헐렁한 민소매 티에 짧은 반바지를 걸쳤다. 너풀거려 브라가 넘실거려도 그러려니 했다.

"이러다가 홀딱 벗게 생겼어. 하하."

남자는 즐거운 비명을 질러 댔다. 그는 대화 중에 반쯤은 내게 말을 놓았다.

성모승천대성당을 둘러보면서 그가 말했다.

"성당 안의 풍경이 참으로 아늑하고 평화스러워. 이래서 종교를 믿나 봐."

이곳 자그레브의 사람들은 키가 거인처럼 컸고 몸매는 날렵했다. 무엇보다도 순박하기 이를 데 없어 보였다. 오랜 역사에 걸쳐 이민족의 탐욕에 시달렸다는 사실이 실감났다. 용맹한 용병으로서의 이름을 드날렸으면서도 외세에 굴복하는 세월이었다니. 왠지 서글픈 분노가 치밀어 남자에게라도 떠들어대야 했다.

"유럽인의 역사는 야만적이었어. 악이 정의를 짓밟은 무수한 세월이 있었지. 지금의 유럽은 평화로워 보여. 피상적으로 훑은 현상일지 몰라도 기독교의 쇠퇴가 오히려 유럽인을 선량하게 만들었어. 참된 선에 대한 자각이 속에서부터 일어났는지도 모르지."

"기독교가 나빠요?"

"기독교만의 문제가 아니라 이 땅의 모든 종교, 그걸 다루는 자들의 무지와 탐욕, 거짓이 세상을 어지럽히고 있어요. 인간이 만든 종교의 한계야. 이제 종교의 시대를 넘어선 세상이 도래했어. 전지전능해서 신인데, 그 선하신 신께서 종교가 무어 필요하겠어? 더구나 정의와 사랑, 그것으로 다 이뤘다는데. 이제 사람들은 그것을 따르면 되는 거야. 그것이 신의 본질이니까."

"어떤 사람들은 신이 없다 하던데, 그런 모양이네?"

"신은 존재해. 그러니…."

나는 이러다가 쓸데없이 복잡한 얘기로 번질까 봐 잠시 머뭇거렸다. 그러자 그가 내 말꼬리를 물고 늘어진다.

"그러나…, 그러나 뭔데요?"

"현존하나, 기성 종교인들이 흔히 주장하는 그런 존재의 신이 아니야. 신은 이미 종교라는 낡은 자루, 헌 옷을 버렸어."

"그래요? 거참, 어렵네요. 무슨 말인지."

남자의 표정이 의문으로 가득 차 있다. 신이라는 것의 정체를 놓고 넋두리를 해봐야 주장의 하나일 뿐이다. 종교 없이 조용히 사는 그에게 구태여 거론할 필요가 없겠다는 생각이 들었다.

"다음에 얘기해. 배고파. 이 근처에 과일 파는 데가 있다던데."

성당 광장을 지나니 바로 눈앞에 노천 시장이 나타났다. 남자가 소리쳤다.

"오, 저기가 그 청과물 시장인가 봐요. 돌라츠 시장."

향긋한 과일 향이 코끝에 맴돈다. 우리는 손수레에 벌여 놓은 과일을 한 아름 산 뒤, 시장 부근 돌계단에 걸터앉았다. 남자는 조금 전에 둘러본 성당의 수려한 자태가 여운에 남는 모양이었다.

"어디고 간에 웅장하고 아름다운 유적들은 거의 궁전 아니면 성당이네요. 하긴 한국도 대궐과 양반집, 절간 정도라야 겨우 제대로 된 한옥을 볼 수 있을 정도니까. 옛날에 그들이 권력과 부귀를 독점해서 그렇겠지요?"

"옛날에는 정치와 종교가 백성들의 삶을 지배하던 시대라 그랬다지만, 지금은 세상이 완전히 탈바꿈했음에도 불구하고 그 지배의 끈을 놓지 않으려고 발버둥치는 게 문제야. 정치는 이제 민주화로 나아가고 있지만 종교는 여전히 구태에 머물러 있어. 이제는 사람들의 의식을 선으로 이끄는 게 아니라 오히려 악의 속성에 빠져들게끔 유혹하는 지경이야. 멋도 모르고, 그저 이름만을 믿는 그들은 여전히 최면 상태에 빠져 있겠지."

남자는 내 얼굴을 뚫어져라 바라보며 연달아 과일을 삼켰다. 그러다가 뭔가 궁리하는 기색으로 두 눈을 멀뚱거린다.

"내가 종교엔 일자무식이지만, 그래도 종교는 좋은 거라고 사람들이 그러던데, 혜미 씨 얘길 들으니 뭣이 좀 그러네요. 나야 뭐, 흠."

"경전이나 교리를 놓고 그들과 논쟁한다고 해서 해결될 문제가 아니야."

"그럼 어떡하죠?"

"어떡하긴. 가만 내버려둬야지. 역사 속에서 흘러가는 대로…"

막상 그렇게 말해 놓고는 울화가 치밀어 사과를 싹둑 베어 물었다.

"어휴, 어쩌겠나. 다 뜯어고쳐 새로 신학을 쓰든가."

투박하게 사과를 씹어 대자, 남자는 나의 이런 모습을 처음 보는 듯 눈이 휘둥그레졌다.

"경전에는, 인간에게 도움될 글들이 많다고 들었는데 그게 아닌가?"

"글이야 좋은 내용들로 가득하지. 하지만 그것의 해석이 문제이고, 무엇보다도 신을 입맛대로 나눠 놓고는 자기들의 신이 절대 최고라 을부 짓으며, 맹목적 숭배의 고정관념에 빠져 헤어나지 못한다는 게 치명적인 거지."

남자는 종교와 관련된 얘기를 되풀이해서 들을수록 난감해하는 표정을 지었다. 아무래도 목사인 아버지와의 갈등 때문에 내가 이러는 줄로 착각할지도 모르겠다. 나는 이야깃거리를 다른 데로 돌려 버렸다.

과일들이 참 맛있다. 여러 종류의 과일을 맛보다가 포도알을 입 속에 넣어 오물거리자, 그는 기다렸다는 듯 즉흥곡임을 애써 강조하고는 노래를 불렀다.

포도 얘기였다. 그럼 그렇지. 이것이 나를 놓고 만든 노래렸다. 나는 시치미를 떼고 그의 숨겨진 의도를 가로막았다. 왜 그랬을까? 사랑의 호소를 이제는 받아들여도 괜찮지 않았을까? 이놈의 사랑이 무엇인지, 사랑의 실체를 채 알지 못하는 내가 또다시 덥석, 사랑처럼 보이는 미끼를 물으라고? 포획 당한 독수리처럼 그물 코에 걸려 퍼덕이라고? 아직도 꺼지지 않은 이 같은 절망감이 나를 포박하고 있었는지도 모르겠다.

5 장

내 앞의 포도

우리는 성모승천대성당을 둘러보고 나서 광장으로 발길을 옮겼다. 바로 근처에 청과물을 파는 노천 시장이 열려 있어 허기도 때울 겸 과일을 샀다. 포도, 살구, 바나나, 토마토, 복숭아, 체리, 통통한 오이 따위를 일일이 맛볼 생각에 망설이지 않고 봉지에 담았는데 그리해도 저렴했다. 고작 몇 푼으로 이리 풍성하게 과일을 얻을 수가 있다니 신기하기까지 했다. 이처럼 넉넉하게 과일을 맺는 이곳의 땅과 기후, 그리고 농부를 칭송하고 싶어졌다.

　"진수 씨, 아까 성당 안에서 눈 감고 앉아 있던데?"

　"분위기가 어쩐지 그러고 싶어서요."

　"기도한 거야? 진수 씨는 영원을 믿어?"

　"왜요? 혜미 씨는 안 믿어요?"

　"이 땅에서 영원한 건 없어. 근데 들어보면, 자기 노래에 영원성의 추구가 서려 있는 것 같아서……."

　"그랬으면 하는 마음이죠. 모든 게 유한하고 순간에 그친다면 삶이 무척 서러울 테니까."

"위안을 바란다고 해서 사물을 직시하지 않아도 괜찮은 걸까?"

"사랑하면 영원을 갈망하게 되더라고요."

"사랑하면…. 우리 저기 앉을까?"

우리는 광장 근처 돌계단에 걸터앉아 마치 전리품을 탐닉하듯이 하나씩 과일 맛을 보았다. 그녀가 포도송이를 꺼내 들자 나는 문득 앞서 지었던 노랫말이 떠올랐다. 그래, 이때다. 자연스럽게 노랫말도 들려주고 내 사랑도 고백할 절호의 기회다.

나는 그녀가 포도알을 따서 입 안에 넣을 때까지 기다렸다. 오물오물, 나도 뒤따라 넌지시 씹으며 그녀의 표정을 살폈다.

"아유, 맛있어. 엄청 달고 포도즙이 풍부해."

이때다 싶어 얼른 포도알을 하나 따서 그녀 입에 밀어 넣었다.

"이것도 먹어 봐. 그리고 지금 막 떠오른 노랫말이 있는데 들어 볼래요?"

여자가 빙그레 웃는다.

"뭘까? 궁금하네? 엄청 달콤한 노랜가 보네?"

"제목이 뭐냐면 그게 흠…, 내 앞의 포도."

험험, 나는 눈치 보느라 잔기침을 하고는 준비해 뒀던 노랫말을 읊조렸다.

내 앞에 와서 웃는 사랑을 잊지 못하지
주술의 색채로 시선을 빼앗고
내 손을 이끌어 더듬게 만들었지

벗겨지는 살갗이 손가락을 붉게 물들이고
맨살의 향기가 콧속으로 와서
입술 혀에 녹아내렸지

혀에 감도는 유두의 질감이여
깨물고 빨고 빨아서라도
사랑의 즙이 영혼에 닿을 수만 있다면 아아,

내 영혼에 녹아내려
항상 내 앞에 눕는 사랑이었으면

잠시 그녀가 말이 없다. 나도 말없이 그녀를 물끄러미 바라보기만 했다.

"오, 기발한 노래야. 육감적 사랑을 포도에 비유했구나? 이 포도를 따 먹으면서 들으니 정말 실감나."

나는 마음이 놓이면서 한편으로는 신났다.

"전혀 야하지 않지?"

"야해? 그게 뭐가 어때서?"

"그렇지? 진정한 사랑이 느껴지지? 뭐랄까 영혼의 갈증, 사랑의 호소, 영원한 사랑의 추구, 뭐 그런 게 확 와 닿지 않나?"

"글쎄? 열렬히 사랑하는 사람들이야 확, 뭐 그렇겠지?"

"내가 왜 이걸 노래하게 됐느냐 하면…."

그녀가 말을 가로챘다.

"후훗, 그게 뭔데요? 포도 먹다가 떠올랐으니, 한때 짝사랑했던 여인이 생각났던 거겠죠? 잊지 못하지, 그렇게 과거형을 썼을 때 눈치챘어요."

내 생각을 읽고 저러는지, 도무지 감을 못 잡겠다. 게다가 마치 동생 대하듯 말을 슬슬 낮추면서도 내가 따라 낮출라치면 오히려 존댓말을 사용하여 내가 말 낮춰도 될 꼬투리를 차단하고 있다. 한 번은 체코의 어느 마을에서 시치미 뚝 떼고 계속해서 말을 놨다가 한소리까지 들었었다.

"근데 이상해. 누나한테 말씨가 좀 그러네요. 존중이 필요해요."

아무래도 이것저것 따져 봤을 때, 그녀는 나와의 사랑을 꺼리는 게 분명하겠다. 그저 아는 동생 정도로 만족하고 지내려는 것 같다. 이걸 두고 짝사랑이라 해야 하나? 아니면 백일몽?

그렇다고 해도 이것은 자존심의 문제가 아니다. 아직까지 털끝만큼도 자존의 상실감에 빠져 본 적이 없다. 오로지 그녀의 사랑이 나를 향하게 될 그날을 기다릴 뿐, 그녀에 대한 의심이나 낙담이 눈곱만큼도 일지 않는다. 설령 어느 누가 우리를 훔쳐보고서, 이거야말로 정신적 노예의 경지와 다를 바 없군, 그렇게 빈정대더라도 말이다.

"질문할 게 하나 있어요."

라스토케로 가는 렌터카 안에서 남자가 외쳤다.

"뭔데?"

"신은 있고 종교는 필요 없다면서, 그렇담 신은 왜 필요 없는 종교를 해체하지 않는 거죠?"

"간단하지만, 종교인들은 의문하지 않는 질문을 하네? 후훗. 그건, 그것은 말이야. 인간에게 맡겨서야. 인간 의지가 움직이는 대로 지켜보는 것이지."

"왜 지켜보기만 하지?"

"인간은 노예가 아니기 때문이지. 왜, 종교가 이것저것 많겠어."

"그런데 기독교에서는 신의 뜻이라는 게 있고 신이 만물을 주관한다고 했던 것 같은데, 그냥 내버려둬요?"

"기독교민이 아니야. 알고 보면 이 땅의 모든 종교가 다 그래. 신의 뜻을 내세우지. 인간, 자기들이 만든 신을 내세워 종교를 빌미로 하는 전쟁을 일으키곤 하지. 자기들의 종교가 잘났다고 하면서 말이야."

"확실히 어렵네. 종교, 신."

남자는 말을 그쳤다.

한참을 말없이 운전하다가 라스토케로 가는 산골 마을이 나타
나자, 그는 자연이 안기는 풍광에 감탄하여 두 팔 벌려 환호하였
다. 나 또한 감격하여 즉흥시를 소리 높여 낭송하였다.

여기는 농부의 땅이다
농부는 후끈거리는 땅을 팠다
씨를 뿌리고 열매를 거뒀다

담벼락에는 무화과가 익고 석류가 터졌다
나팔꽃을 피우기에 아무 문제없다

부활을 꿈꾸던 농부가 죽자,
아들이 밭을 갈아엎으며 씨를 뿌렸다
열매를 거두며 부활을 꿈꾸기 시작했다

하늘에서 빗물과 바람과 신령이 떨어진다.
땅에서도 떨어진다, 눈물과 낙엽과 사랑이

이곳은 세월이 모여
신령으로 굿하는 땅이다

드디어 계곡의 향기가 물씬 퍼지는 골짜기에 이르렀다. 우리는

라스토케에 도착하였고, 언덕 아래 개울가로 달려갔다.

까르르 웃는 나를 향해, 그는 산수화 닮은 낭만의 노래를 메아리치듯 불렀다.

"오, 하여간에 자긴 알아줘야 해."

"뭐가요?"

자연을 눈앞에 두고 이처럼 즉흥적으로 낭만의 노래를 만들어내는 그의 감각을 부러워하자, 그가 그랬다.

"그건 있죠. 사랑의 눈으로 세상을 바라보면 누구나 노래할 수 있어요."

문득, 그가 큰 사람으로 내게 다가왔다. 아마 한국으로 돌아가면 이 남자를 사랑할 수 있을지도 모르겠다. 그때, 이 남자로부터 사랑을 배워 보리라. 그렇게 되었으면 하는 마음이 저절로 가슴에 파고들었다.

우리는 라스토케라는 땅을 밟기 위해 차를 몰았다. 으레 큰길로 해서 쭉 달릴 줄 알았건만 산길로 접어들어 어리둥절하였다. 설마 내비게이션이 짓궂게 이러는 건 아니겠지?

"왜 이리 가죠?"

여자는 주위를 두리번거리다가 내비게이션을 들여다본다.

"글쎄? 거기가 고지대이긴 한데. 그냥 이대로 가 보자."

가다 보니, 야트막한 언덕으로 푸르른 목장이 펼쳐져 있고 젖소들이 한가로이 풀을 뜯고 있다. 예쁘장하게 지어진 목가적인 주택들이 옹기종기 모여 앉아 한 폭의 풍경화를 이룬다.

"아우, 이리로 오길 정말 잘했네. 대충 돌아가더라도 뭐 어때. 무지 환상적인 걸."

나는 연달아 늑대 울음소리를 냈다. "아우!"

산골의 풍경에 심취한 듯 여자도 미풍에 간들거리며 고갯짓을 하더니, 드디어 하늘과 땅을 우러러 손짓하며 시를 낭송하였다.

괜히 야코가 죽었다. 여자는 이 속내로 고상하게 풍경화를 그렸

건만, 거기다 대고 떠들썩하게 까불어 댔으니 말이야. 어쨌거나 찬
양은 나의 몫이다.

"멋져요. 잘하면 명곡이 나오겠어."

"정말? 담에 좀 더 다듬어 볼까?"

"하하. 한국 가거든 저한테 적어 줘요."

차가 큰길로 빠져나와 아스팔트 도로를 신나게 달리자 이내 여
자가 소리쳤다.

"여기야, 라스토케! 우리가 머물 숙소가 바로 저기야."

언덕 위에 하얀 이층집이 햇살을 받아 빛났다.

깨끗하고 아늑한 공간이다. 우리는 봇짐을 풀자마자 주인장에게
밀린 빨랫감을 맡겼다. 그리고 시간을 다투듯 곧바로 언덕 아래
개울가로 달려갔다.

여기저기 산봉우리마다 수풀이 우거지고 크고 작은 폭포수가
흘러내려 밀을 빻는 물레방아를 돌리고 있다. 산새들이 오르락내
리락 우짖고 미풍에 실린 햇살이 잇달아 개울물로 뛰어든다. 잔디
밭에 전라의 여인이 긴 수건 깔고 돌아누웠다. 개구쟁이 청년들이
물속에서 점벙거린다.

나는 여자의 손을 붙들고 개울가의 물웅덩이를 건너뛰었다. 햇살
을 머금은 여자의 얼굴이 눈부서 언뜻 찌그렸더니 까르르 웃는다.
신명은 여자에게도 왔다. 나는 절로 산수화가 떠올랐다.

내 사랑의 시원한 노래가
산등성이 따라서 목장 마을 지나고 있어

한 줄기 바람이 오막살이에 다다르니
흥얼거리는 노래가 사방에 흩어지잖아

저기 물줄기가 하얗게 쏟아져 내리네
윗통 벗은 청년들이 첨벙 뛰어드니
흔들리는 햇살에 하늘이 낮아지고 있어

낮은 산이 나무와 사슴을 어르다가
저기 구름과 귓속말하네
다들 평화로운가 봐요?

해님이 하품하니 여기저기 봇짐을 내려놓아
걱정과 갈망의 넋이 덩달아 눕고 있어

긴 숨을 내쉬며 내 사랑의 뒤척임도
여기서, 쉼표를 가만히 그려 넣네

 랩인지 타령인지 헷갈리게 흥얼거리고 나자 여자가 놀라는 시늉
을 한다.
 "오, 하여간에 자긴 알아줘야 해."
 "뭐가?"
 "여자들이나 자연을 놓고서, 사랑스럽고도 밝게 표현을 참 잘해.
그것도 즉흥적으로 말이야."
 "그래요? 내가 낙천적이라 그럴까? 이런 갈래의 말장난은 한 번
쭉 둘러보고 나면 그냥 술술 노래로 흘러나와요. 하하."

"부러워요. 그런 재주가."

"누나…. 아니요, 저기 혜미 씨, 그건 있잖아요. 사랑으로 세상을 바라볼 수 있기만 하다면 누구나 가능한 일이에요. 재주라기보다. 하하."

"나는 너무 생각이 지나쳐서 그런가 봐. 그리고 아까 그거, 누나라는 소리 듣기 좋던데? 그냥 누나라고 불러. 어렵게 말 돌리고 할 필요 있을까?"

이제 까딱하면 내게 누나가 생길지도 모르겠다. 약속이나 추측의 말을 하고 나면 희한하게도 그렇게 몰려 버린 나날이었지 않나?

"요즘은 연상이 대세라던데 머, 나야 상관없어요. 누나, 누나 그러다가 여보오, 그럴지 어찌 알아요. 흐흠."

꿈 깨셔. 장난 섞인 말투로라도 그리 대꾸할 줄 알았는데 그녀는 아무런 말없이 나를 바라보았다. 그리고 빙긋이 웃어 보인다. 그 때문에 나는 또다시 화들짝 놀랐다. 그녀 앞에서 한없이 작아지고 있었다.

가게에 들러 와인이랑 파스타를 만들 재료를 샀다. 싱크대에 둘이 달라붙어 지지고 볶고, 난리를 피운 끝에 그럴싸하게 만찬을 차렸다.

"우와! 저기 별 좀 봐. 그새 밤이 됐네?"

나는 이 만찬의 분위기를 띄우고 싶었다.

"우리, 바깥에 나가서 별 보며 식사할까요?"

"어떻게?"

"으음. 식탁을 통째로 들고 나가는 거죠. 이렇게."

나는 식탁을 양손으로 잡고 들었다.

"어어, 조심해."

황급히 외치며, 넘어질세라 여자가 거든다.

우리는 테라스 너머 잔디밭으로 식탁을 들고 나가 거기 촛불을 밝혔다.

"이틀 밤만 자기엔 너무 아까워." 그리고 건배를 했다.

건배…. 지금껏 지나오면서 온갖 미사여구를 나열했지만 정작 거기 우리의 사랑에 관한 언어는 없었다. 그렇다면 이 여행이 갖는 의미는 대체 무엇일까, 그런 의문이 문득 들었다. 하지만 곧 그따위 생각은 배부른 사치에 불과하다는 것을 알았다. 지금 이곳에서 이 순간을, 그녀와 같이하고 있다는 게 무엇보다 소중한 가치이니까.

하늘에서 별들이 마구 쏟아진다. 깜깜한 밤하늘을 뚫고 피어난 하얀 꽃들이 마치 삭풍에 요동치듯이, 봄비에 아무렇게나 흩날리는 벚꽃이듯이 내 얼굴로 쏟아진다.

"신비롭지 않아요?"

잠꼬대 같은 내 목소리에, 말을 잃은 그녀가 간신히 입술을 뗀다.

"이대로 떠내려갈 거 같아. 저 밤하늘로 내 몸이 두둥실 떠올라 저 별들과 어울려 춤을 추게 될 거 같아. 이를 어쩌면 좋아."

나는 여자의 어깨를 감싸 안았다. 마치 알몸의 그녀를 껴안은 착각을 받을 만큼 그녀의 육체는 뜨거웠고 전율이 느껴졌다. 여자의 얼굴이 내게로 다가왔다. 나는 그녀의 얼굴을 보듬고 거친 호흡을 삼키려는 듯 그녀의 입술을 덮쳤다.

의자에서 무너지며 우리는 잔디밭으로 쓰러졌다. 내게로 쏟아지는 무수한 별 무더기가 보였다가 아득한 어둠으로 곧장 곤두박질 쳤다. 여자는 얼른 몸을 일으켰다. 흘러내린 한쪽 어깨의 원피스 끈을 추스르며 그녀가 말했다.

"이상하네? 겨우 몇 잔에 취해 바보처럼 자빠지다니."

그녀가 깔깔거린다.

"뭐 해요? 안 일어나고?"

여자의 소리를 듣는 둥 마는 둥, 나는 밤하늘의 별들을 헤아리려는 양 멀뚱하게 드러누워 있었다.

우리는 마치 살림살이하는 부부처럼 싱크대에 들러붙어 음식을 만들었다. 그리고 잔디밭에다 만찬을 펼쳤다. 하늘과 땅으로 별들이 떠다니고 있었다.

"신비롭죠?"

꿈결처럼 들려오는 남자 목소리에 나도 모르게 중얼거렸다.

"이대로 떠내려갈 거 같아. 저 밤하늘의 저 별들과 어울려 춤을 추게 될 거 같아."

그가 나를 안았다. 나는 몸이 떨려 왔다. 그가 내 얼굴에 뜨거운 입김을 뿜어내며 내 입술에 입맞춤을 하였다. 그리고 점차 그의 손길이 거칠어졌다. 내 엉덩이에까지 손길이 닿았다.

갑자기 우리는 쓰러졌다. 그가 의자서 나동그라지며 한쪽 비탈로 굴렀다. 나는 정신을 차리고 그에게로 다가갔다.

"괜찮아요?"

그가 고개를 끄덕인다. 나는 웃음이 나서 웃지 않을 수 없었다. 그는 바보처럼 일어날 생각도 않고 그저 멀뚱하게 밤하늘을 쳐다

보고만 있다.

"뭐 해요? 안 일어나고?"

나는 그 모습이 우스워 더욱 깔깔거렸다.

플리트비체의 흙을 밟았다. 햇볕이 따갑다. 그러나 고목의 푸른 잎사귀 아래 몸을 기대자 어디선가 실바람이 불어와 물방울을 툭툭 떨어뜨린다. 실밥처럼 허벅지에서 대롱거리는 하얀 원피스의 내 모습을 사진으로 남기며 그가 다가왔다.

"이곳에 오니 평화가 보여."

내 말에 그가 맞장구를 쳤다.

"보인다. …시원하게 일렁이는 이 물결 속의 햇살처럼 말이죠?"

"그 누구든 이 찬란한 물결에 조약돌 하나라도 던진다면 그것은 테러야."

흥에 겹다. 깎아지른 듯한 절벽과 그 아래로 낙화하는 길고 짧은 저 폭포수들의 하얀 물길을 밟으며 초록 물색에 젖어드는 사람들이 호숫가를 꿈결인 듯 걸어가고 있다.

내 마음속 깊은 곳에서 절로 노래가 흘러나왔다. 나는 비로소 영혼의 흥얼거림을 들을 수 있게 되었다. 그가 되뇌던 사랑의 노래를….

노을 지는 바닷가 돌계단에 앉아 그를 가만히 껴안았을 때, 스치는 고깃배의 질주에 검붉은 파도가 넘실거리며 우렁찬 노래를 불렀다. 파이프 오르간을 울리는 사랑의 노래가 물안개처럼 스며들어 뜨거운 내 마음과 몸을 흠뻑 적시는 이 희열에 가볍게 몸을 떨었다. 검붉은 물결이 출렁이는 자다르 바닷가의 노을과 푸르른 남녀 청춘들이 내지르는 노래와 춤이 정녕, 사랑의 세례를 받는 내 영혼의 전부를 아낌없이 축복해 주고 있었다.

나는 침대에 기대어 내 사랑의 속삭임을 노래하듯 그에게 들려주었다. 그러고서 베갯잇을 되작이며 곤한 잠을 청했다. 어릴 적의 고통스러웠던 기억에서 벗어나는 내 모습을, 저기 천장을 날며 내가 내려다보고 있었다.

그녀는 나처럼 웃고 있었다.

두브로브니크에 도착했다. 이곳에서 사흘을 지내고 한국으로 돌아간다.

우리는 발코니에 놓인 흔들의자에 몸을 눕혔다. 느긋한 기분 속에 젖어들다가 새삼 한옥의 기와지붕이 보고 싶어졌다. 웬일이래?

그는 알몸에 팬티 하나를 간신히 걸치고 의기양양하다. 하긴 나도 만만찮은 것 같다. 노골적으로 불거진 젖가슴을 아무려나 팽개친 채 배꼽까지 드러낸 꼴이다. 얇은 셔츠에 짧은 반바지니, 난들 어쩌랴. 그래도 그는 덤벼들 생각을 않는다. 당연한 일인데도 뭔가 씁쓸하기도 하다.

"저기 있잖아."

나는 앞으로의 일정을 일러주었다. 그래야 그도 나름 준비를 할 것 같았다. 이것저것을….

"아함, 졸려."

말을 마치자 곧바로 잠이 쏟아졌다. 아쉬움에 군더더기 같은 말을 슬쩍 그에게 던졌다.

"나도 내 얼굴을 모르겠어. 내가 어떻게 생겼어?"

그러곤 깊은 잠에 빠져들었다.

그의 목소리가 산들바람에 흔들거렸다. 여린 나뭇가지에 매달린
포도처럼….

햇볕이 쨍쨍 내리쬔다. 무덥고, 걷어붙인 팔뚝이 따갑다. 챙 넓은 모자를 눌러쓰고 알 굵은 선글라스를 껴도 얼굴이 후끈거린다. 남국의 열기에 된통 걸려들었구나 싶었다. 여자는 하늘거리는 원피스 자락에 짬짬이 부채까지 부치고 있다. 그럼에도 그녀의 입꼬리가 뺨에 올라붙었다.

우리는 플리트비체 자연공원의 풍취에 취한 듯 환희에 지친 듯 마치 꿈결처럼 호숫가 오솔길을 따라 걸었다.

뺨 끝에서 영그는 저 미소를 보라
여기서는 사람들이 저절로 웃는다.
송어 떼가 오리를 쫓는 즐거움을 아는가

하늘이 송어를 찾는 이 낭만을 나는 보았네
하늘의 구름과 땅의 나무가 웃고,

웃다가 빚어낸 방울방울이 햇살에 굴러

채색의 곱은보화를 물보라로 일구어내네

하얀 들꽃으로 피어나는 저 눈빛을 보라
여기서는 웅어도 따라 웃는다.

이것은 내 노래가 아니다. 차를 몰아 자다르 아드리아해의 붉은 석양을 바라본 뒤 찾아든 숙소에서 그녀가 들려준 속삭임이었다.

"오늘 낮의 감동을 마음에 담아 봤어."

여자는 이제 과거의 절망에서 빠져나온 모습을 보인다. 이곳의 화사한 경치가 그녀의 낭만을 자극해서였든 아니면 나와의 만남에서 비롯되었든, 그것이 중요한 게 아닐 것이다.

어릴 적 기억, 그 절망의 늪에서 헤어나고 있다는 사실을 그녀는 자각하고 있을까?

스플리트의 바닷가에 수많은 요트가 물살을 가르고 키 큰 야자수 그늘이 길 따라 시원하게 뻗었다. 뭉거지는 옛 로마 궁전에는 아직도 주민들이 만찬을 열고, 들어찬 가게 앞에 로마 병정 복장의 청년 둘이 관광객을 상대로 사진 찍기에 여념이 없다. 호객을 모르는 키 큰 상인은 그늘에 우두커니 앉았고, 먼지에 지친 좌판 밑 발길 틈새로 검은 고양이가 정신없이 자고 있다. 머리를 괸 모습이 마치 쇠락한 귀족의 자태 같기만 하다며, 여자는 웃음을 터뜨렸다.

그녀는 이제 자신의 내면을 놓고 고뇌하는 것이 아니라 외부의 세계로 시선을 돌리는 게 분명하였다. 부조리한 세상이라며 더러

한탄하기까지 하는 모습이 무척 우아하게 다가왔고 사랑스러웠다.

드디어 두브로브니크에 도착하였다.

이곳에서 사흗날을 보내고 나면 가족과 동료가 있는 한국으로 돌아간다. 나는 귀향의 기쁨보다도 이곳에서 끝내 사랑의 결실을 이루지 못했다는 아쉬움이 가득했다. 그러나 한편으로 그녀가 건강한 몸과 마음으로 돌아가게 되었다는 사실 앞에 뿌듯하기도 하였다. 이것을 두고 만감이 교차한다고 했던가.

우리는 성채가 훤히 내려다보이는 언덕배기에 봇짐을 풀었다. 이제부터는 여행의 피날레를 어떻게 울려야 멋질 것인가를 놓고 궁리해야 할 참이다. 발코니 그늘에 에어컨을 틀고 흔들의자에 다리 쭉 뻗고 드러누우니 만사가 부러울 게 없었다.

"이 도시는 외세의 침략이 많았던 슬픈 땅이야. 그래도 아름다움을 잃지 않은 곳이지. 포격으로 무너진 집들이 사랑의 손길로 되살아났어. 저 찬란한 주황색 빛깔의 세상이 그 상징이야."

"정말 아름답네요. 저 성벽을 밟고 싶어."

내가 지금 알몸에 팬티 하나를 겨우 걸치고 그녀 옆에 이러고 있다는 사실이, 그리고 이것이 조금도 어색하게 느껴지지 않는다는 이 사실이, 생각의 한편으로는 기묘했다. 내 옆의 여자도 가슴선이 불거진 얇은 셔츠에다 짧은 반바지를 골반 끝에 걸치고서 잠을 청하고 있다. 그런데 배꼽이….

"저기 있잖아."

여자는 갑자기 생각난 듯 반듯이 누운 채로 말했다.

"남은 일정을 알려줄게요. 지금은 쉬었다가 태양이 조금 식을 무렵 성채로 내려가서 밤 나들이를 하는 거야. 좋은 클럽이 있으면 가볍게 한잔도 하고. 내일은 하루 종일 땡볕에 싸돌아다닐 작정을 해야겠지? 요트 타고 바닷바람도 맞아 보고."

"헤엄도 쳐야지." 내가 불쑥 끼어들자 일침을 놓는다.

"꿈 깨셔. 놔두고 가야지. 참, 그전에 아침 수산시장 가서 해산물을 미리 사 뒀다가 저녁에 요리해서 먹자. 맥주 파티도 해야지. 모레는 아침에 바닷가 주변을 산책했다가 음, 그러고는 렌터카도 반납하고 바로 공항으로 가야겠지. 자기 생각은 어때요?"

"뭐, 일단 그렇게 하죠. 혹시 중간에 기발한 이벤트가 생각나면 그때그때 얘기할게요."

여자는 잠시 조용하더니 새근거리는 숨소리가 들려온다. 그러다가 불쑥 잠꼬대처럼 중얼거린다.

"아함, 졸려. …나도 아직 내 얼굴을 잘 모르겠어. 내가 어떻게 생겼어?"

일부러 그랬던 건 아닌데 내 목소리도 산들바람에 흔들거렸다.

"눈썹이 갸름하고 빗물 방울이 미끄러지기 좋도록, 쌍꺼풀이 졌고 나를 바라보면 숨어 버리지만, 코가 오뚝하고 웃으면 더욱 오만해져요. 입술이 침묵에 적당히 두툼하고, 그래서 얼굴 윤곽이 뚜렷하고 무엇보다도 얼굴빛이 환해요, 이제는. 그래서 초승달을 베개 삼은 듯 후광이 비치고, 또 뭐 있더라? …"

내 말이 끝나기도 전에 기녀는 잠에 빠져든 듯했다. 그런데 어둑 탓일까. 남 신경 쓸 겨를 없이 내 눈꺼풀도 사정없이 감겼다.

잠들면서 꿈처럼 아른거렸다. 내 앞의 포도…. 혹시 지금, 서로를 바라는 포도송이로 누워 있는 것은 아닐까.

뜬구름아 너는 어디서 흘러왔느냐
평화와 사랑이 여기 창가에 있는 줄 어찌 알았더냐
멀리 주황색 지붕의 성채를 이방인의 발길이 메웠도다
생각하기로, 광기와 절망의 구렁텅이가 언제 있었더냐
감빛 엉긴 쪽빛 너울이 옛적에도 일렁거렸더냐
이제라도, 너라 내가 지신밟기하며 아우르도다
그래 뜬구름아 이제 어디로 흘러가느냐
굳이 떠날 거면 우리도 데려가지 않으려느냐
찬란한 돛배를 두둥실 띄우겠노라

우리는 구름 위를 날고 있었다.

6 장

사랑의 노래

남자를 만나러 가는 길이다. 그는 남쪽 바닷가 도시에서 산다. 클럽에서 하루 한차례 삼십 분을 공연한다고 하는데, 호텔은 아니고 그 도시에서 가장 번화한 바닷가에 자리한 술집 클럽이라 한다. 이름이 '씨스타나이트클럽'이라 하는데 따로 아는 건 없다. 인터넷 검색으로 아는 게 전부다.

인천공항에 도착하여 남자와 헤어질 때 그가 그랬다.

"공연은 구월 초부터 하니까 그때 들르세요. 혜미 씨 앞에서 한 번 멋지게 솜씨를 뽐내 보게요. 알겠죠?"

멋쩍게 머리를 긁적이며 덧붙였다.

"뭐, 그전에라도 아무 때고 연락 주세요. 꼭이요."

나는 그때 전화번호를 들먹이려고 했다. 헤어지려니 아쉬움 같은 것이 물안개처럼 뿌옇게 밀려드는 바람에 그와의 끈을 놓지 않으려 했다. 그의 목소리도 가슴에 계속 담아 두려 했다. 흑, 그리울 때를 생각해서 말이다. 그런데 남자는 연락을 바라면서도 정작 전화번호는 알려주지 않아 나를 어리둥절케 했었다.

말은 이렇게 해도, 막상 한국에 오니 함께 가졌던 시간을 되돌아보려는 게 아닐까? 어쩌면 냉정하게 현실을 직시하고 싶은 건지도 모른다. 하긴 나도 그래야 하는 게 아닐까? 들뜨고 마냥 좋기만 했던 낭만의 여행에서 얻은 사랑이 과연 이 현실의 땅에서 어떤 가치와 지속성을 지닐 것인지 알아봐야 옳지 않을까.

헤어져야 하는 길목에 서서 아쉬운 작별의 인사를 나누면서도 이것이 못내 궁금했었다.

"진수 씨를 만나 정말로 좋았어요. 여행도 값졌고요. 고마워요."

"하하. 거참, 쑥스럽네요. 어쨌든 다행입니다. 좋게 봐 주셔서요. 멋진 여행이었어요. 저도 고맙습니다."

그러고 나서 헤어졌고, 속절없이 시간이 흘러갔다.

그런데 이제는 고뇌가 내게서 사라졌다고 해도 인생살이의 해답을 찾을 수 없기는 매한가지였다. 앞으로 무엇을 해야 할지도 몰랐다. 문제가 생길 때마다 안으로 움츠러들기만 하고 사람들과의 긴밀한 접촉을 애써 외면했던 내 지난날의 삶이 살짝 후회스러워지기도 했다. 어쩌면, 이미 내가 죽어 이 땅에서 완전히 사라진 존재인 양 아무도 나를 거들떠보지 않는 듯했다. 실제로 내가 자살했대도 바로 이 모양의 세상일 테지.

그렇게 벽시계의 바늘조차 힘겹게 한 걸음씩을 떼던 어느 날, 영은이가 전화를 해왔다. 나는 모처럼 갖는 친구와의 대화라 반갑게 맞았다.

"요즘 어찌 지내? 하도 조용해서."

"잠시 여행 다녀왔어. 너도 잘 지내지?"

"여행 땜에 그랬구나. 그래, 속 터질 때는 여행이 최고야. 네가 교회서 통 안 보인다기에 무슨 일인가 했네."

"아니, 교회는 안 다닌 지 좀 됐어."

"그러니?"

영은이는 자기와 상관없는 일까지 꼬치꼬치 따지듯 물어왔다. 수경이 때문에 그러는 게 아니냐며 호들갑을 떨기에 세월호 참사가 있고서부터 발길을 끊었다고 일러주었다. 그러자 영은이는 그것에 대해 더욱 의문을 달았고 나는 아차 싶었다. 불행한 국가적 참상을 아무렇게나 이념으로 몰아세우고 단칼에 기도를 싹둑 끊은 교회 집단의 추악한 행태를 뭣에 쓰려고 들먹거렸을까. 사실, 한국교회의 타락을 비판하면서도 세뇌된 버릇처럼 묵묵히 다니기만 했던 그곳의 발길을 기어이 끊은 것이 그때부터였다.

"영은아, 그 얘긴 관두자. 별일 아니야."

"하긴 그러네. 세상에 믿을 거나 있어야지. 돌아가는 꼴을 보면 도대체가… 참, 너 아직 얘기 못 들었지? 수경이 소식."

바로 박세준에 관한 얘기였다. 영은이는 이번에도 잊지 않고 불쾌한 소식을 친절하게 알려주는 것이었다. 수경이가 끝내 박세준과 결혼했다고 한다. 어디까지가 사실인지 모를, 결혼에 얽힌 치정과 모략을 내게 쏟아 내는 것으로써 어떤 울분을 삭이려는 것 같았다.

"안 그래도 네가 모를 것 같아 전화했지. 나도 깜빡 속이 넘어갔잖아. 고것들이 몰래 결혼했거든. 고것들이 인간의 탈을 쓴 짐승새끼가 아니라면 고렇게나 사람들 눈에 피눈물이 맺히도록 분탕

질을 치지는 않았겠지."

정말로 영은이는 박세준과 아무런 사이도 아니었을까? 그런 의혹이 언뜻 떠올랐지만 어찌 되었든 간에 왜들 그렇게 사는가 싶어 마음이 울적해졌다. 저마다 누리는 삶의 방식이 아무리 제각각이라 하더라도 이처럼 부질없는 것에 집요하게 매달리는 자들의 사고를 이해할 수 없었다. 게다가 그들의 치기 어린 행동에 속절없이 휘둘리는 나의 얄팍한 심성조차 꼴 보기가 싫어졌다. 이래저래 속이 뒤틀렸다.

아름답고도 평화로운 자연과의 호흡을 통해 겨우 치유한 내 삶이 또다시 물거품처럼 흩어지려는가? 그럴 수는 없다. 한낱 욕망의 파도에 떠밀려 부스러질 수는 없는 것이다.

전화를 끊고 나자 고진수의 소식이 궁금해졌다. 아니, 소나기가 퍼붓듯 사무치게 그리워져 몸을 부르르 떨었다. 온몸이 흠뻑 젖는 그리움으로 고개를 치켜들어서야 겨우 알게 되었다. 아, 그렇구나! 인터넷으로 남자를 찾으면 되는 것을, 바보같이….

의외로 검색창에는 남자와 그 밴드에 관한 기사가 넘쳐흘렀다. 팬 카페까지 꾸려져 있었다. '블루드래곤'이라는 밴드 이름과 공연 장소, 그리고 주소와 전화번호가 내 눈으로 쏙 들어왔다.

그렇다. 그는 버릇이 되어 놓친 것이겠구나. 으레 내가 알 거라 착각하고 잊어먹은 게 틀림없겠구나.

나는 안도감에 새삼스레 뜸을 들이다가 전화하였고 마침내 그와 연결이 되었다. 남자는 나를 그리워하고 있기나 할까?

"어휴, 왜 이제 전화하셨어요? 한참 기다렸잖아요. 사람 속 터지게요, 하하. 말없이 떠났나 싶어 가슴이 덜컥했습니다."

그는 여전히 나를 사랑하고 있었다. 나는 마음이 한결 여유로워졌다. 건강도 챙기고 주변도 둘러보면서 새로이 심호흡할까 하였다. 내 삶을 꼼꼼히 다지고 나서 그와 재회하고 싶었다. 그때까지는 전화만으로도 충분할 테니까.

나는 보름쯤 지나서, 시월 초순에 찾아가겠다고 약속했었다. 그동안에 우리는 전화와 카톡으로 대화를 나누었고, 이제 드디어 만나는 것이다.

남자가 일하는 곳이 금방 눈에 띄었다. 유흥가의 번쩍이는 불빛 가운데 큼지막하게 간판이 걸려 있다. 나는 공연이 임박할 때까지 근처의 밤 바닷가를 거닐었다. 서울에 있으면서, 때로 남자가 거닐곤 한다는 그 바닷가는 어떤 빛깔의 모양을 하고 있을까 하고 한편으로 궁금했었다. 이곳의 자연이 그에게 많은 영감을 불어넣어 주었다고 하는, 남자의 노래에 등장하는 바닷가.

멀리 떠나가는 배들의 불빛이 아스라이 보이고 바다로 길쭉하게 돌출한 반도의 우거진 숲속에서 이름 모를 새가 우엉, 하고 한바탕 운다. 그 바람에 밤바다의 서늘한 기운이 얼굴에 더욱 묻어난다. 아, 이곳이 이랬었나? 이 도시의 이 바다를 몰랐던 건 아니지만 그저 어쩌다 지나쳐 갔던 무심한 기억의 곳이었다. 그런 이곳이 마치 오래된 전설의 기억인 듯이 내게 친밀하게 다가오고 있었다.

시간이 되었다. 반라의 여자들이 쇼까지 하는 이런 데는 외본 적이 없어 너무도 어색한 발걸음을 뗐다. 남자가 미리 일러준 대로 안내데스크에 말했더니 거기 직원이 나를 이층 룸으로 데려갔다. 앞이 트인 한쪽 벽면으로 공연 무대가 내려다보이는 아늑한 곳이었다. 무대에는 야릇한 옷차림의 무용수들이 음악에 맞춰 춤을 추고 있다. 식탁에 둘러앉은 사람들이 무르익은 분위기에 들떠 여기저기서 술잔을 추켜올리곤 하였다.

남자는 공연 준비로 바빠서 끝난 뒤에 만나기로 했었다. 그러려고 일부러 이곳에 도착하는 시간을 느지막하게 잡았었다. 왠지 그의 노래를 다 듣고 난 이후에 만나는 게 홀가분할 것 같아서였다. 나를 위해 맥주와 안주가 나왔다.

공연을 지켜보다가, 그는 지금 어떤 모습으로 있을까 궁금해져 전화로 나의 도착을 알렸다. 그는 평소와 다른, 매우 흥분된 목소리로 나를 반겼다. 주위의 소음 때문이겠지.

잠시 후, 그와 동료의 무대가 시작되었다. 그는 화려한 조명을 받으며 전자기타를 연주하였고 동료들과 어울려 노래를 불렀다. 사인조로 구성된 밴드라서 그랬을까, 얼핏 영국의 비틀즈를 떠올렸다. 바깥에서 육성으로 듣던 것과는 또 달랐다. 증폭된 전자음의 음색이 안겨주는 맛이 유별났다. 무엇보다 리듬의 박진감이 엄청 달랐고 어울린 악기들이 만들어 내는 가락이 감칠맛 났다. 사람들이 춤출 수 있는 공간으로 한둘씩 걸어 나오며 몸을 마구 흔든다.

> 저기서 팝송이 닥치고 들려
> 드럼과 기타가 마구 작렬해
> 태양을 삼킬 것 같아 아하
> 나는 미친 듯이 고개를 까딱거렸지
> 저 현란한 춤과 악사의 연주에

숨 막힐까 허푸하푸 숨을 내뱉었지
오, 태양으로는 부족할 거 같아
저 여인의 입술로 나를 채워 줘
뜨거운 가슴으로 나를 품어 줘
워어, 어디 약 하나 없을까요
멈출 수 없는 이 열기를
어떻게 어떻게 퍼붓나
어디 사랑 하나 없을까요
후후, 구두끈 묶는 나에게
누구든 어서 다가와
같이 춤을 춰요 뜨겁게
그래 뜨겁게 사랑스럽게
그렇게 열정 구렁텅이로 빠져 빠져서
육체와 정신이 타들어 갈 때까지
다 녹을 때까지 그렇게 그렇게

남자의 음악 세계가 어딘지 모르게 달라 보였다. 그는 공연 중
에 이따금 올려다보면서 내가 앉은 곳이 어둑하여 잘 보이지 않을
텐데도 미소를 지어주었다. 머리카락이 저리 길었던가? 그는 한 번
씩 연주에 도취된 듯 자기 머리카락을 흔들어 허공으로 날렸다.
여러 곡을 연주하고 나서 그가 마이크를 잡는다.

"지금 이 자리에 아주 특별한 손님이 한 분 와 계십니다. 그분에
게 늘려 드리는 노래입니다. 제가 그분께 드리는 프러포즈의 노래
라 하겠습니다. 이내 가냘픈 노래에 그대는 애틋한 춤으로 화답해
주시길, 간절히 기도합니다. 자, 산토리니!"

사람들의 환호와 함께 전주곡이 흘러나오고 조명이 서서히 어두워지자 남녀가 쌍쌍이 끌어안고 춤을 추기 시작하였다. 애수 띤 노랫소리에 맞춰 느릿한 곡조를 밟고 오르듯 남녀들이 사랑을 얼싸안고 돌아가고 있었다.

마치 저 별나라의 하늘로 날아오르듯, 저기 사랑과 평화가….

마침내 공연이 끝났다. 나는 그가 잘 보이게 자리에서 벌떡 일어나 힘껏 박수 세례를 보냈다. 그는 악기를 놓고 자리에서 물러나면서 환호하는 쪽을 향해 손을 들어 답례하였다. 이어 여자 무용수들이 쏟아져 나오면서 색다른 쇼가 펼쳐진다.

나는 그가 오기 전에 화장실을 다녀오려고 문을 나섰다. 오가는 취객들로 통로가 무척 소란스럽다.

화장을 새로 고치고 옷매무새를 가다듬었다. 그러고서 나서려는데 화장실 입구 쪽에서 이상한 소리가 들려 발길을 멈췄다. 주변의 소음을 헤치고 남자의 목소리가 들렸기 때문이다. 목에서 간신히 넘어오는 목소리로 뭔가를 호소하는 여자를 달래고 있는 것 같았다.

"희야, 이러지 마. 이런다고 뭣이 해결되겠니?"

그런 애절한 소리가 남자의 목소리를 타고 들려오자, 나는 순간적으로 긴장하여 안절부절못하였다. 세면대의 수도꼭지를 틀고 하릴없이 손을 씻다가 무심결에 얼굴에다 물을 확 뿌렸다. 이런 내 행동에 놀라 갑자기 차분해졌다.

내가 왜 이러지? 이 상태로 그냥 모르는 척하고 피하는 게 능사가 아니잖아.

나는 슬쩍 고개를 내밀어 밖을 내다보았다. 이제 고등학교를 갓 나온, 이십 대 초반으로 보이는 소녀는 거의 무릎을 꿇다시피 남자의 허벅지에다 고개를 파묻고 있었고, 그가 그런 소녀의 손을 잡아 일으키려 애쓰고 있었다.

"이제 그만 일어나."

순간, 소녀의 목소리가 또렷하게 들려왔다.

"왜죠? 나를 사랑하지 않았다고요? 그런 무책임한 말이 어디 있어요? 제 마음을 이토록 몰라주시는 거예요?"

나는 박세준이가 절로 떠오르면서 나의 지난 모습이 주마등처럼 흘렀다. 나는 다리에 힘이 풀려 아무렇게나 벽에 기대며 주저앉았다.

그들이 사라졌는가. 어느새 조용해져 나는 화장실을 빠져나왔고 룸으로 돌아왔지만 남자의 모습은 보이지 않았다. 나는 맥주병을 뚫어지게 바라보았다. 또다시 저것을 내 몸속으로 쏟아붓고서 부활이거나 혹은 해탈을 기다려야 하는 것인가. 그래야 하는가? …그러나 지금은 그렇지 않다. 참혹한 진구렁이 아니라 뜨거운 활화산이 내 눈을 멀게 하는가 싶었다.

그가 헐레벌떡 왔다. 도대체 왜, 일을 저지르고 나면 다들 다급하게 나타나는 거지? 나는 속으로 외쳤다. 남자가 맞은편 자리에 앉으며 서먹서먹한 몸짓을 피운다.

"마쳤어요?"

의외로 내 목소리가 차분하다.

"많이 기다렸죠?"

"옷차림이 그게 뭐야? 다 풀어헤치고."

"네? 아, 이거요? 급히 오느라."

질투로 부글거리는 내 말에 그가 얼른 단추 풀린 남방셔츠를 추스른다.

"급히 온 게 이래요? 늦을 거면 전화라도 해줘야지."

"네?"

"사람, 바보나 만들고."

별거 아닌 걸 가지고 꼬투리를 잡았다. 아까 목격한 일을 두고 어떻게 풀어나가야 할지를 몰라 속절없이 투덜대는 것이다.

"울었어요?"

"뭔 소리야?"

그가 내 옆으로 다가와 손목을 잡는다.

"사실은 말이죠. 왜 늦었냐면…"

뜻밖에 그는 조금 전에 일어난 일의 사정을 소상히 알렸다. 나는 듣는 중에 맥이 풀려 길게 한숨을 내질렀다.

"한숨이 나오죠? 몇 년 전부터 저리 나를 쫓아다녔어요. 안 됐기도 하고. 혜미 씨, 이럴 때는 어떡하지?"

나는 안도의 웃음까지 새어 나왔다.

"지금 내게 자문을 구하는 거야?"

"아무려면 여러모로 해박할 테죠. 학생들의 상담도 받아봤을 거잖아요."

"그런 일이 반복되지 않도록 열성 팬이라는 아가씨에게 미리 말해 줘. 애인이 있고, 곧 결혼할 거라고 말이에요."

나를 바라보던 남자의 얼굴이 일순간, 보름달처럼 밝아진다.

"그래요? 아, 그렇구나. 다음에 보면 그리 언질을 줄게요."

그는 내 조언이, 이제 자기의 사랑을 받아들이고 혼례까지 치르 겠다는 그런 뜻으로 내비쳐졌나 보다. 그 기척에 내 머릿속이 어수 선해졌다. 좀 전에 벌어진 우발적인 일로 인해 잠시 격정의 소용돌 이에 휘말렸기로서니 이렇듯 성급하게 마음을 정해 버릴 수는 없 지 않으냐.

"일반적인 대처가 그래. 다들 그런 식으로 따돌리더라고."

슬쩍 내 마음을 돌려세웠다. 그러나 곧바로 가슴이 서늘해지는 걸 느끼겠다. 그의 표정도 실망에 시무룩해졌다.

어쩌나? 이제는 그를 끌어안아 결혼에 이르러야 하지 않을까? 그런데 그리하면 정말 그와 함께하는 삶이 축복으로 다가올까?

여러 생각이 문풍지에 비집고 드는 삭풍이듯 나를 슬슬 춥게 하 였고 점점 에는 듯한 통증이 되어 내 가슴에 파고들었다.

기다렸던 여자의 소식이 마침내 닿았다. 그동안 허탈에 빠져 청승맞게 노랫말을 만들고 곡을 붙이면서 나의 무기력을 한탄했었는데 이제야 파랑새가 환희의 씨앗을 물고 내게로 날아온 것이다.

"그동안 잘 지내셨어요?"

여자의 말갛고 부드러운 전화 목소리에, 나는 안도의 한숨을 내쉬었다.

"잘 지내다마다요. 혜미 씨는 어땠어요? 그동안에 연락이 없어 조금 걱정이 되기는 했었어요. 목소리 들으니 새삼 반갑고 즐거워집니다."

여자는 유럽 여행을 다녀온 이후로, 그녀를 괴롭혔던 온갖 번뇌로부터 자유로워진 것 같아 마음이 놓였다. 그녀는 준비하는 일이 구체화되는 대로 이곳을 들리겠다고 하였고, 그동안에 우리는 매일같이 전화와 문자로 대화를 나누었다. 그녀가 지금 내 곁에 없어도 뜨겁게 사랑을 속삭이는 기분이 들었고 정감이 쌓여 갔다.

"여기가 내 고향은 아니지만 이곳 바닷가를 거닐면서 영감을 받곤 해요. 여러 노랫말과 가락이 갯냄새와 파도, 바람과 갈매기 소리를 들으며 만들어진 것들이죠."

여자는 여전히 노래에 얽힌 내 얘기를 좋아했다. 짬짬이 전화기에 대고 노래를 소곤거려 주기도 했었는데 그럴 때마다 까르르 웃으며 즐거워했었다. 슬픈 노랫말이든 흥겨운 가락이든 그 어떤 노래였든지 간에 그랬다. 그것은 그저 만사가 즐거울 뿐이라는, 내게 들려주는 그녀의 최고의 표현인 것 같아 나도 덩달아 킥킥거렸다.

드디어 그녀가 찾아오기로 한 날이 되었다. 나는 사랑하는 여자에게 들려줄, 각별히 준비한 노래들을 아침 일찍이 동료들과 연습하며 연주를 가다듬었다.

"진수 씨, 나야. 지금 막 클럽에 들어왔어."

여자가 전화했을 때 나는 출연자 대기실에 머무르고 있었다.

"이곳 분위기 어때요? 생각보다 괜찮죠?"

"무슨 음란 소굴 같아. 마치면 바로 와야 해."

그녀 목소리에 두려운 빛이 어렸다. 아마도 유흥 위주의 술집에서 느껴지는 퇴폐적 분위기가 낯설어서 그럴 것이다.

"하하. 맘 푹 놓고 즐겨요. 댄스홀에서 한바탕 흔들면 더 좋고요."

나는 무대 뒤에서 저편에 있는 그녀의 아련한 모습을 바라볼 수 있었다. 여자는 어둑한 그늘 속에 비치는 자태만으로도 여전히 아름다웠다. 두 달여이 기다림이 간절했던 것일까. 첫 만남의 기억 속으로 나를 휘몰아 가며 심장을 뛰게 만들었다.

"공연, 정말 기대가 돼. 진수 씨의 노래가 정말로 그리웠어. 잘해요."

"하하. 하루 이틀 부른 노래가 아니죠. 기대해도 좋습니다."

드디어 블루드래곤의 무대가 펼쳐졌다. 나는 전자기타를 연주하였고 동료와 어울려 노래를 불렀다. 그녀가 이곳에 함께하고 있다는 사실이 꿈만 같았고 우리의 연주도 신명을 더하고 있었다.

이처럼 흥겨운 연주를 한 적이 또 있었던가. 나는 즉흥적으로 마이크를 뽑아 들고서 떨리는 목소리로 그녀에게 프러포즈를 날렸다.

"열정을 불사를 이내 노래에 그대는 사랑의 춤으로 화답하기를. 자, 가자. 산토리니!"

사람들이 환호하였다. 마치 그녀가 프러포즈를 받아들이기라도 했다는 듯이, 나는 그녀를 향해 씩 웃어 보이며 키스 세례를 보냈다. 그러고서 노래를 불렀다. 유럽에서 돌아온 뒤 그녀를 생각하며 고심 끝에 만든 노래였다. 막상 그녀 앞에서 이 노래를 부르니 더욱 애절한 심정으로 와 닿았다.

사랑은 깨쳤는가, 오늘 밤에
길 위에 오롯이 남을 얻어논.
이놈의 정 때문에 자고 걷고 또 자고
보름만 눈 떠 걸으면
저 달을 보게 되는 것을
사랑은 어찌하여
수천 년 걷고 자고
말도 없고.

당신은 꿈꿨는가, 오늘 밤에
길 위에 오롯이 남을 얼어는.
속살이 하얀 빨간 꽃의 뜨거운 연정
쪽빛 바다 잔파도에
에메랄드로 부서지는 것을
사랑은 어찌하여
수천 년 섬으로 떠 있는지
말도 없고.

공연을 마치고 여자가 있는 테이블로 갔다. 그녀는 나를 보자마자 와락 껴안을 줄 알았다. 오랜만에 만나는 재회인 데다 공연의 열기에 도취되어 화들짝 나를 반길 줄로 알았다. 그런데 웬걸, 묘한 공기가 그녀의 몸에 감돌았다. 프러포즈 때문에? 나는 헛기침을 하며 어색하게 물었다.

"공연 어땠어요?"

공연히 의자를 끄집어 당겨 앉았다. 아무래도 여자의 표정이 밝지 않다.

"좋았어요."

왠지 말이 낯설고 존대까지 하고 있다. 설마? 그녀의 눈동자마저 눈물을 담고 있는 듯했다. 그녀의 손목을 잡자, 가볍게 뿌리친다. 암튼 무르든 어쨌거나 조금 전에 있었던 일을 밝혀야 속이 편할 것 같았다.

"사실, 제가 좀 늦었죠? 사소한 해프닝이라 언급 안 하려고 했는데요."

나는 화장실에서 일어난 일을 간추려 말해 주었다. 여자는 내 말을 들으며 이따금 한숨을 내질렀다. 이윽고 다 듣고 난 그녀가 그랬다.

"팬이라는 아이한테 단호하게 말하세요. 곧 결혼할 거라고, 그렇게요."

이거야말로 내 프러포즈에 대한 응답이 아니더냐?

"아, 그렇지. 그래야겠네. 머지않아 결혼한다고 일러줄게요."

나는 그녀의 마음이 돌아서지 못하게 언약을 맺고 싶었다. 그러나 여자는 곧바로 자신의 말을 둘러대었다. 팬의 유혹에서 벗어날 방법을 알려준 거라 하면서 여전히 내게서 거리를 두려 했다. 순간, 나는 물러서고 싶지 않았다. 오늘, 어떤 일이 있어도 그녀의 마음을 완전히 붙들어 매고 싶었다.

"이럴 게 아니라 밖으로 나가요. 거닐고 싶어."

나는 요란한 쇼를 벌이는 어수선한 클럽에서 벗어나고 싶었다. 마치 공간을 달리해야 우리의 언약이 성사될 수 있기라도 하는 양, 그녀의 손을 붙잡고 서둘러 그곳을 빠져나갔다. 그러나 그것이 불찰이었다. 내가 무언가 서두른다고 느꼈던 것일까? 그녀는 느닷없이 밤차로 올라가겠다고 하였다.

"갑자기 왜요? 호텔도 예약해 뒀는데요?"

밤바람에 휘날리는 긴 머리카락을 매만지며 그녀가 말했다.

"내가 생각이 짧았어. 여긴 한국이잖아. 미혼의 남녀가 좀 그렇지?"

"유럽 여행 때처럼 자연스럽게 보내면 되지 않나요?"

"하나씩, 사랑도 차곡차곡, 그렇게 쌓아가고 싶어."

남자는 승용차를 몰아 기차역까지 나를 바래다주었다. 가는 동안 서로 별말이 없었다.

오가는 여행객들로 대합실이 술렁거린다. 그는 기차표를 끊고, 내게로 다가왔다. 내 손에 승차권을 쥐여주며 생각이 많은 듯 바라보기만 하였다.

"갈게."

"참, 잠깐만요."

그가 호주머니를 뒤진다.

"궁금하네, 무얼까? 후훗."

그는 빛바랜 겉표지의 콤팩트디스크를 내밀었다.

"우리 멤버들이 초창기에 만든 앨범입니다."

"오, 그래요?"

"연주도 별로였지만 여기서 녹음한 탓에 썩 마음에 들진 않습니다. 그래도 기념이니까 하나 드릴게요."

"흠, 드디어 진수 씨의 진면목을 보게 되는구나."

"허어, 진면목은 이제부터죠. 이제껏 만든 작품을 가지고 새 앨범 만들 날을 고대하고 있어요. 서울 스튜디오에서 멋들어지게 말이죠."

그가 빙긋 미소 짓는다.

"그렇구나. 그날이 언제쯤일까?"

나는 어깨에 걸친 작은 가방 속에 시디를 집어넣었다.

"제작 여건이 시원찮아서 그렇긴 한데. 뭐, 언젠가는 때가 오겠죠."

"그래요. 우리 그날을 위해, 자 파이팅!"

작별의 승강장에서 응원의 손바닥을 맞부딪친 뒤 가볍게 포옹을 하였다.

나는 음악을 귓가에 두면 단박에 무너져. 그래서 피하고 살았지. 그러나 이젠 괜찮아. 노래를 들을수록 마음이 즐거워져. 다 자기 덕분이지.

그렇게, 그와의 만남이 내게 기쁨이고 존재 이유임을 말하려고 했다. 그러나 그러지 못했다. 나는 서울로 돌아가는 열차 안에서 시름에 잠겼다. 언제까지고 이런 식으로 지낼 수는 없지 않으냐. 서로가 내뿜는 감정적 에너지의 소모가 너무 지나치다는 생각이 들었다. 그는 아마 더욱 힘들 것이다.

그리고 아무리 해프닝이라지만 화장실에서 있었던 그 사건이 자꾸 신경에 거슬렸다. 여태껏 달라붙었다는 여자애가 이제 와서 쉽사리 포기할 것 같지도 않고, 철부지 여자애가 그리하도록 여태껏 내버려둔 그의 도덕성에도 의문이 들었다.

성가신 질투와 의심에 매달려 어지러운 삶에 집착하는 모습을 보일 바에야, 그냥 사회적 친구 사이로 지내는 게 차라리 낫지 않겠나. 그러자고 했을 때 그가 순순히 받아들일까? 열정의 블랙홀로 너무도 깊숙이 빨려 들어와 버린 게 혹 아닌지…. 이제는, 결혼함으로써 이같이 분출하는 사랑의 욕망을 억누르지 않으면 언젠가는 서로에게 특히 그에게 상처를 안기게 될 것 같아 왠지 두렵다.

그러나 한편으로 그렇다. 사랑한다고 해서, 사랑의 감정에서 헤어나지 못하는 지경이라고 해서 반드시 결혼해야 할 이유가 있을까? 거칠게 몰려왔다가 산산이 부서지는 파도의 포말처럼, 부푼 가슴에 가득가득 밀려들었던 이런저런 사랑들도 다 그렇게들 흩어지곤 하지 않던가. 그건 그렇다 치고, 도대체 나는 왜 그와의 사랑을 주저하는지?

나는 집에 돌아와서는, 온갖 상념들을 무덤인 양 묻어 버리고 세월의 흐름 속에다 내 사랑의 감정을 맡겨 버리기로 했다. 내게와 닿는 것들이 필연이든 우연이든, 내 의지로는 도저히 풀 수 없을 것 같아서였다. 그게 내 삶의 방정식이었다. 거기 무덤가에 어떤 꽃이 필지, 잡초라도 피기나 하려는지 지켜볼 수밖에는.

그렇게 마음을 굳히고부터 먼저 연락하지 않았다. 그에게서 전화가 오면 그때야 대화를 나누었다. 외출도 자제하며 밀린 책 읽기에 몰두하였다.

그러던 어느 날, 아버지가 전화를 하였다.

"잘 지내시죠?"

"지금 서울이다."

"어쩐 일이세요?"

"회의가 있어서 왔다. 가기 전에 잠시 얼굴이나 봤으면 한다."

예전 같으면 딸의 모습을 보고 싶어 하는 아버지의 심정을 외면하며 냉정하게 거절했을 것이다. 이번에는 그러고 싶지 않았다. 아버지의 목소리가 유달리 쓸쓸하게 들려왔고, 무엇보다 내 문제를 아버지와 상의하고 싶었다.

"어디로 가면 되죠? 언제 만나요?"

"여기가 서울진리교회인데 바로 오면 좋겠다."

"알겠어요. 한 시간쯤 뒤에 뵐게요."

아버지와 나는, 교회 안뜰 모퉁이에 놓여 있는 긴 의자에 앉았다. 구름이 잔뜩 꼈고 차가운 바람까지 일어, 부근의 낙엽수들이 '쉬이익' 하고 서늘한 소리를 내고 있다. 아버지는 달리 할 말이 있는 건 아니었다. 단지 딸의 앞날을 걱정하는 이제까지의 모습 그대로였다.

"곧 모임이 있다. 들어가 봐야겠구나."

아버지의 얘기가 끝난 모양이다. 나는 조심스레 남자 문제를 끄집어내었다.

"사귀는 남자가 있어요. 있는데, 가수예요. 무명가수."

"가수라고? …그런데?"

"결혼할까 어쩔까 해서요. 한 번 만나보시겠어요?"

"언제, 어떻게 알게 된 사이냐?"

"여행 중에 만났어요. 두어 달 됐어요."

그전 같으면 버럭 언성부터 높였을 텐데 의외로 아버지는 내 말을 들으면서 차분하게 생각하는 모습을 보였다.

"그래, 어디 한 번 보자. 집으로 데려오너라."

"그럴게요."

아버지는 의자에서 몸을 일으키려다 나를 다시 설득하려고 하였다.

"혜미야. 이제라도 학교 일에 열심을 냈으면 좋겠다. 아버지가 추천하는 곳을 왜 피하는지 모르겠다. 세상일이 그리 호락호락하지 않다는 걸 너도 모르지 않을 텐데."

"학교생활이 피곤해서 그래요. 딴 뜻은 없어요."

"전공이 영문학이면 문학을 가르칠 것이지, 거기 종교비판은 왜 집어넣어 분란을 일으키는 것이냐. 모태신앙으로 세례받고 삼십여 년을 신자로 살아온 네가 할 짓이 아니지 않느냐."

예전 같으면 억누르듯 나를 다그쳤겠으나 여전히 목소리가 차분하였다.

"영미문학은 대체로 기독교 사상에 뿌리를 두고 있어요. 그것을 내포하고 있을 때는 다룰 수밖에 없어요."

"지적하는 분들이 그런다. 왜 긍정적으로 평가하지 않느냐는 거다."

"사실과 진실 그대로, 오늘날의 시각으로 되돌아보는 비평이 뭐가 문제죠? 그때 그들이 자유롭게 창작했듯이 저도 지금의 학자로서의 양심대로 가르친 것뿐이에요."

"다른 데도 아니고 신학교에 와서까지 매번 그럴 게 뭐 있느냐, 그거다. 네가 기독교와 성경에 대해 얼마나 안다고 어린 나이에 벌써 세상과 싸우려고 하느냐, 하는 거다. 아버지는 그게 우려스럽다."

"물론, 저는 목회자분들에 비해 성경의 이해나 신학적 지식이 부족할 테죠. 그래도 성경이 사람들에게 유익한 가르침을 준다는 것은 저도 알고 있어요. 성경뿐만 아니라 종교 경전들은 한결같이 진리적 요소를 담고 있어 우리에게 삶의 지혜를 일깨워 주곤 하니까요. 제가 그러한 성경을 비판하는 게 아니잖아요. 아버지도 그걸 아시면서…"

"신자는 찬양만으로 충분해. 해석이나 비판은 전문가인 목회자와 신학자에게 맡기는 게 좋아. 그들이 잘 풀어나갈 수 있다."

"성경은 오류가 없고 절대적인 하나님의 말씀을 성령의 감동에 의해 기록한 것이라 믿는 이들에게서 무엇을 더 기대할 수 있을까요? 배타와 독선의 사고로 경직된 자들이 어떻게 제대로 된 해석을 내놓을 수 있다는 것이죠?"

"성경은 일 획도 오류가 없고 무오하다고, 성경에도 적혀 있지 않느냐?"

"신의 언어가 아니라 인간의 언어로 적은 성경책이에요. 모순과 오류의 인간들이 읽기 위해 모순의 인간이 쓴 기록인 거죠. 성경 구절이 문자 자체로 완벽하다면 모순투성이의 불완전한 인간이 그걸 읽고서 이해할 수가 없겠죠. 좌우로 나뉘고 상하로 갈라진 모순된 인간 뇌 구조 속에서 성자라 한들 결코 진리적 깨달음에 이를 수가 없었을 거예요. 성경의 진리는 구절에 얽매여 파악하는 데 있는 게 아니라 내용 전체를 꿰뚫는 통찰력에서 찾아야 한다는 것이에요."

아버지가 한심하다는 듯 고개를 절레절레 흔든다.

"너는 대체 뭐가 불만이냐? 뭣이 너를 힘들게 만드는 거냐?"

아버지가 나에 대해 어떻게 판단하고 있는지 짐작하기 어려웠다. 아버지의 그 물음에 딱히 무어라 말하기가 힘들었다. 종교를 다루는 자들의 타락을 지적하고 있는데도 다시금 되묻는 아버지의 심리를 이해할 수가 없었다. 고착된 사고에 들을 귀가 사라졌는가. 다 안다는 교만에 정작 들을 귀가 없어졌는가. 아니면 불평을 쏟아 내는 나를 어리석게 여겨 그 노여움에 눈앞이 가려졌는가. 자기들이 믿는 신이 유일하며 최고라는 신념에 타인의 주장 따위는 무시해도 된다는 생각에 그러하는가. 아마 그럴 것 같다.

"말했듯이 성경은 인간이 필요로 해서 인간이 적었고 인간이 읽는 책이에요. 모순의 인간이 읽고 이해하려면 적힌 내용이 어떠해야 할까요? 한쪽의 고착된 사고로 성경을 받아들일 때 어떤 일이 일어날까요? 유대교, 이슬람교, 기독교, 그것들은 똑같은 성경 구절을 놓고 왜, 줄기차게 서로를 살육하면서 파괴의 길로 나아갈까요? 빤하죠. 결코 신을 모른다는 것이죠."

"기독교는 사랑의 종교다. 이단들의 주장에 말려들어서는 안 되는 거다."

"하나 물어볼게요. 이것만이라도 답해 주세요. 하나님은 세상을 창조하면서 왜, 무엇 때문에 하필 먹고 먹히는 약육강식의 세계를 만드신 거죠?"

"죄악 때문에 빚어진 일이다. 처음 창조 때는 그렇지 않았어."

"주장대로 그랬다 하더라도, 죄진 자들은 노아 홍수 때 죄다 죽었잖아요. 그런데도 그 후로도 빚어진 이유는 뭐죠?"

"주님의 뜻을 함부로 알려고 하지 마라. 지금의 인간들이 알지 못하는 영역이 있는 법이다."

"기독교는 그게 문제예요. 모순과 오류에 빠지면 주님의 뜻으로 쉽게 돌려버리고, 세상만사를 자기들에게 유리한 방식으로 풀이하면서 탐욕을 챙기죠."

아버지는 잠시 말을 끊었다. 기척이 없어 힐끔 쳐다보니 아버지의 얼굴, 눈가 주위에 잔주름이 패였고 거기 노곤한 세월의 혼적이 짙게 배어 있는 듯했다. 내 발등으로 길 잃은 낙엽 하나가 매달렸다가 바람에 쫓겨 떠나간다. 혹시, 나는 지금 덧없는 것에 목매달고 있는 것은 아닐까?

"지금 내가 무슨 말을 더 하겠나. 학교 문제는 알아서 해라. 네주장에 동조해 줄 곳을 찾아보든지. 그만 가 보거라."

아버지… 내게 위기가 올 때면 그래도 간절히 떠올랐던 유일한 혈육이고 가족이다. 지금 이 순간마저도 갈등의 상태로 머물러 있고 싶지가 않았다. 아버지도 어수선한 심기를 추스르는 듯했다.

"아버지 죄송해요. 잘 지내세요."

"사귄다는 사람, 언제쯤 데려올 거냐?"

잠시, 딸과 논쟁을 치르고서도 아버지는 혼사를 잊지 않고 챙겼다

"물어보고 알려드릴게요."

"그래도 명색이 부모인데 얼굴이라도 봐야지. 흐음."

아버지는 헛기침을 내지르곤 자리에서 일어섰다. 나는 잠시 기다
렸다가 저만치 걷는 아버지의 뒤를 따랐다.

그녀를 보내고 난 후로 마음이 더욱 애달파졌다. 그럼에도 같이 할 수 없는 공간적 제약을 어쩌지 못해 노래와 작곡으로 그 시름을 덜어내야만 했다. 힘겨운 한때의 시간들이 기타 줄에 매달려 흐느적거리고 있었다.

여자는 아직도 무엇이 두려운 걸까? 어쩌면 그녀의 마음을 사로잡을 만한 매력이 내게 없어서 주저하는 것인지도 모르겠다. 그 생각에 처음으로 자괴감이 고개를 내밀었다. 그래서일까, 선뜻 전화하기가 부담스러웠고 그녀도 조심스러워하는 기색으로 나를 대했다.

"나, 머리카락 잘랐어. 괜찮지?"

앞으로의 일에 좀 더 몰두할 생각으로 머리 모양을 바꿨다고 말하지만, 그녀의 심경에 어떤 변화가 왔음을 귀띔하는 소리처럼 들려와 그게 나를 초조하게 만들었다.

"그 여자랑 아직까지 결혼할 생각이야?"

연습 삼아 건반을 두들기던 동호가 묻는다.

"무슨 말이야?"

나는 악보를 들여다보며 건성으로 대꾸하였다.

"에이, 서울 산다는 여자 있잖아요. 곧 형수가 될 사람이라 자랑하고서는. 왜, 뭣이 잘 안 돼요?"

"글쎄."

기타 줄을 퉁기는 내 짧은 대답이 시원찮은지 동호는 노인네처럼 고개를 절레절레 흔들고는 엉뚱한 소리를 늘어놓기 시작한다.

"그런 말도 있잖아. 사랑은 슬그머니 났다가 당기는 줄다리기라고. 여자라는 존재는 어쩌다가 한 번씩 챙겨 줘야지, 그냥 무작정 좋아하다가는 뒷감당이 안 되는 거라고. 흐음, 여자는 오만의 동물이 틀림없는 게야."

"동호야. 주희가 어디서 일하는지 아나?"

"형이 잘 알면서?"

"아직도 거기 빵집에서 일하나?"

"그렇겠지?"

나는 퉁기던 기타를 놓고 자리에서 일어났다.

"어디 가려고, 거기?"

"늦진 않을 거야."

나는 미뤘던 숙제를 풀어야겠다는 생각에 외투를 챙겨 들었다.

주희는 여전히 빵집에서 근무하고 있었다. 유리창 너머의 그녀는 단아한 자세로 카운터 의자에 앉아 책을 읽고 있다. 문을 열고 들어가자 벌떡 일어서며 반갑게 나를 맞이한다.

"어서 오세요."

손님 대하듯이 인사말을 건넸다가, 내가 다가가자 그제야 깨달은 듯 놀라는 표정을 지었다.

"잘 지냈니?"

"여기 어쩐 일이세요?"

나는 어색한 기분이 들어 딴소리를 하였다.

"그러니까, 빵 좀 살까 해서."

"골라 보세요."

잠시 우두커니 서 있자 그녀가 말을 꺼낸다.

"오빠가 좋아하는 케이크가 방금 나왔거든요."

그녀가 짐짓 웃으며 내 팔을 끌어당긴다.

"달콤하니 맛있을 거예요."

여기서 머뭇거려서는 안 되었다. 더 이상 힘들어하게 내버려둘 수 없다는 생각에 내 팔을 붙든 그녀의 손을 가만히 떼어 내었다.

"사실은 말이야."

주희는 내 표정을 읽고서 얼굴이 굳어졌다.

"희야에게 전해 줄 얘기가 있어서 왔어."

그녀는 미소를 띠었으나 곧바로 사그라졌다.

"무슨 말인지…, 안 하심 안 돼요?"

"아니면 잠시 나가서 얘기할까?"

"그만두세요. 듣고 싶지 않아."

시간을 끌다가는 아무 말도 못 하게 될 것 같아 나는 서둘렀다.

"들어야 해. 나, 결혼해."

"결혼요?"

확실히 주희는 충격을 받은 듯했다. 금세 냉정해진 표정으로 나를 무시하는 듯한 태도를 취했지만 어떠한 말도 내게 꺼내지 않는다.

"미안해. 내 마음을 오해했다면 내가 용서를 빌게. 희야가 맘대로 나를 상상하게 방치한 탓이 클 테니까. 아니, 아니야."

그녀에게 또 다른 모욕을 안겨 주는 게 아닐까 싶어 말을 둘러대었다.

"물론 나도 희야를 좋아했어. 너의 순수한 마음을 받아들이며 감동에 젖기도 했지. 이런 애틋했던 우리 한때의 감정을 가볍게 여기는 건 아니야. 하지만 결혼은 현실이고 각자의 길이 있는 법이겠지. 나는 한 여자를 선택했고 이제 결혼해. 나를 좋아했다면 축하해 줘. 나도 네가 잘되기를 바라고 있어."

그녀는 내 뺨을 손끝으로 살짝 쳤다.

"정신 차리세요. 내 마음이 돌아선 지 한참 됐거든요. 이런 얘기들을 왜 해요? 그만 나가 주세요."

"미안해."

나는 그 말을 남기고 돌아섰다. 그녀가 지금 어떤 심정인지 어떤 모습으로 서 있는지 다시 돌아볼 수 없었다. 이대로 끝내는 것이다. 그런데 내 가슴이 아파 왔다. 솔직히 지금도 주희를 좋아하고 있는 게 아닐까 하는 안타까움이 들 정도였다.

몇 번은 거쳐야 하는 정류장의 거리를 그냥 걸었다. 다행히 통증이 오래가지는 않았지만 주희가 가질 고통의 깊이가 어느 정도일지를 가늠하기 어려워 그것이 나를 힘들게 하였다. 그랬다. 양심의

가책이 나를 짓누른 것일 게다.

지하 연습실 철문을 밀고 들어서자 드럼 소리가 요란하다. 나는 심장이 두근거리고 가슴이 답답해져 주머니에서 휴대전화를 꺼내 들었다. 영빈이 형이 드럼을 치고 있다가 나를 보고는 멈춘다.

"왔어? …밖에서 뭐 하다가 또 전화야?"

나는 씩 웃어 보이곤 전화를 걸었다. 그녀가 받는다.

"진수 씨, 안녕. 오늘은 어째 일찍 전화했네?"

"혜미 씨 목소리가 듣고 싶어서 그냥 해봤어요. 별일은 없죠?"

"그럼요. 근데, 지금 연습실이야? 주위가 소란스럽네."

"동료들이 연습 중이라 좀 그러네요."

나는 동료들에게 손짓을 보냈다. 내 모습이 평소와 달랐는지 아무 장난도 없이 주위가 조용해졌다.

"무슨 일 있어요?"

여자가 걱정 어린 목소리로 묻는다.

"걔랑 끝냈어요. 자기 말대로 곧 결혼한다고 알렸어요."

여자는 잠시 말이 없었다. 나는 격정을 멈출 수 없어 옛일을 회상시키듯 그녀에게 여행 얘기를 꺼냈다.

"같이, 여행 떠나는 거 어때요?"

"왜요? 안 바빠요?"

"힘들면 당일치기라도 가요."

나는 그녀가 유럽 여행 때의 추억을 떠올리길 바랐다.

"어딜 가려고? 언제?"

"청양, 엄마가 사는 마을로요."

여자가 뜻밖에 선뜻 화답하였다.

"그래, 가요. 나도 뵙고 싶어요."

나도 모르게 한숨을 내질렀다. 어휴….

우리는 공연이 없는 월요일 낮에 엄마를 찾아뵙기로 했다. 그녀는 나와 합류하기 위해 전날 밤에, 그러니까 내가 일을 마칠 때쯤해서 영산으로 오겠다고 하였다.

자기 엄마를 만나러 가자는 남자의 전화를 받고 나서 한참을 생각했다. 그의 불같은 열정을 이제 그 누구도 막을 수 없을 것 같았다. 게다가 이 땅을 오염시키고 있는 혼탁한 공기를 촛불로 몰아내고 새로이 맑은 세상을 호흡하겠다며 나라가 온통 들썩이고 있는 이 마당에, 나라고 숨죽이고 있어야 할 이유가 없었다. 나 역시도 새롭게 화려한 변신을 꾀하고 싶었다.

　그와의 여행을 약속한 뒤 곧바로 부지런하게 움직였다. 서너 곳의 대학에 이력서와 관련 서류를 제출했고, 내가 거주하는 오피스텔 부근의 게시판과 인터넷에다 과외수업 모집을 알리는 벽보를 붙였다.

　문득 아버지의 얼굴이 떠올랐다. 남자의 어머니를 만나기 전에, 먼저 아버지와 새엄마를 찾고 싶었다. 그래서 가능하다면 그간의 묵은 갈등과 앙금을 말끔히 씻어내고서 남부럽지 않은 가족관계를 이루고 싶었다.

　"아버지, 저예요. 전에 말씀드린 결혼 문제를 상의할까 해서요."

"집에 와서 얘기하자. 서로 얼굴은 보면서 얘길 해야지."

나는 곧 들르겠다고 약속하였다. 그러나 마음과 달리 머뭇거려졌고, 결국 찾아뵙지를 못했다.

일요일이 되어 영산 바닷가로 갔다. 그가 부르는 노래를 듣고 싶었으나 낯선 여자들의 나체쇼가 싫었고 무엇보다 그의 일터라는 부담감 때문에 클럽에 들르지를 않았다. 나는 어둡고 쓸쓸한 바닷가의 모래톱을 밟으며 서성였다. 점점 하품이 나고 따분해져 달밤에 체조도 하다가 괜스레 케케묵은 옛 노래를 흥얼거려 보기도 하였다. 기다림이 이토록 지루한 것이었다니….

휴대전화가 울렸다. 클럽 사장의 면담 요청이 있어 늦겠다는 전화였다. 한참 지나서 동호라는 동료가 헐레벌떡 달려와 주었다. 그는 클럽에서 건반을 연주했었다.

"저, 아시죠? '그대와 춤을', 멋지게 기타 쳤던 사람입니다. 헤헤."

붙임성이 좋은 동료가 나를 식당으로 데려갔다. 거기서 남자의 동료들과 생각지도 않은 인사를 나누게 되었다. 동료들과 어울려 그가 올 때까지 기다려야 했다.

"형수님, 식사 안 하셨죠? 같이 좀 드세요."

공연을 마친 뒤 그들은 소주에다 삼겹살 잔치를 벌이고 있었다. 마침내 남자가 왔다. 그는 피곤한 기색이었으나 별다른 일이 없었음을 애써 되뇌었다.

"별일 아니야. 재계약 날짜가 다 되어가잖아. 그 문제를 미리 조율해 본 거야."

"하여튼 우리는 너만 믿으니까 알아서 잘해라. 자, 한잔해."

그이보다 나이 많다는 동료가 걱정스러운 표정으로 술을 권했다.

"아냐, 됐어요. 운전해야 돼."

"형, 오늘 밤 다 같이 날 새는 거 맞지? 으하하."

동호라는 막내 동료의 넉살에 모두가 이구동성으로 외친다.

"당근이지."

거나하게 술 취한 동료들을 간신히 숙소 근처까지 바래다주고 나서야, 우리는 호텔을 향해 차를 몰았다. 얼마나 달렸을까.

"아니, 저런! 대체 무슨 일이지?"

그가 무언가 발견한 듯 갓길에 급히 차를 세운다.

"혜미 씨, 잠시만 여기 있어요."

"무슨 일인데요?"

"아는 사람 같은데 무슨 문제가 있나 봅니다. 바로 올게요."

그가 문을 열고 차에서 내린다. 나는 불안해져 창 너머로 그를 지켜보았다. 뭔가를 살피듯 천천히 걷던 그가 갑자기 도로를 건너 달려간다.

건너편 인도에서 어떤 남녀가 실랑이를 벌이는 모습이 보였다. 버티는 아가씨를 어디론가 데려가려는 듯 팔을 잡아끌던 사내가 마침내 주먹질과 발길질을 해댄다. 아악! 아가씨가 비명을 내지르며 악다구니를 마구 퍼붓는다.

나는 생전에 처음 보는 장면이라 사시나무 떨듯 몸이 떨렸다. 다가가 그가 사내를 뜯어말리다가 주먹으로 얻어맞는다. 나는 깜짝 놀라 황급히 차에서 내렸다. 사내가 씩씩거리며 아가씨를 끌고 가려고 하자, 그가 다시 장승처럼 막아선다. 그러자 또다시 사내의 주먹이 날아들었으나 이번에는 막아내고 힘으로 사내를 제압하였다. 나는 경찰에 신고하려던 전화를 멈췄다. 사내는 거듭해서 달려들었으나 그의 발차기에 얻어맞고는 맥없이 자빠졌다.

나는 어느새 움켜진 주먹에 힘을 주며 흔들어 대었다. 마침내 사내가 엉거주춤 도망갔고, 그는 주저앉은 아가씨의 몸 상태를 챙겼다. 나도 혹시나 도울 게 있으려나 싶어 그쪽으로 가려다가 발길을 멈추었다. 부축받아 몸을 일으킨 아가씨가 그에게 안겨 한참을 우는 것 같았다. 그리고 아가씨는 골목 안쪽으로 사라졌다. 그는 아가씨가 건넸던 손수건으로 얼굴을 닦으며 돌아왔다.

"괜찮아? 이 뭐야, 피나잖아."

"코피 조금 흘린 거라 괜찮아요."

"어찌 된 일이야? 아는 여자야?"

"둘 다 아는 사람이에요. 가면서 얘기하죠."

아가씨는 클럽의 무용수인데 자기와 가깝게 지냈다고 한다. 그녀는 아까 그 사내와 한때 동거까지 했었으나 여러 불미스런 문제가 불거져 헤어질 것을 요구하자, 사내는 때를 가리지 않고 불쑥불쑥 나타나 저렇게 폭력을 행사한다는 거였다. 경찰에 신고해도 그때뿐이라고 했다. 근본적 대책 없이 저렇듯 방치하다가는 결국 살인으로까지 번질지도 모른다며 그가 걱정하였다. 인간의 악마성은 변질된 사랑을 빨아먹으면서 거기서도 독버섯처럼 자라나는 것이었다.

우리는 밤늦어서야 호텔에 묵었다. 어수선했던 일들로 해서 신경이 곤두섰고 분위기도 썰렁하긴 했으나 별나게 호들갑을 떨 이유가 없으니 그런들 뭐 어쩌랴. 또한 유럽이 아니라 한국이래도 그다지 달라질 것은 없었다. 이곳은 내일 떠날 여행의 전초기지에 불과했으니까.

남자가 씻고 나왔을 때, 나는 창가 소파에 앉아 불빛에 일렁이는 바다를 바라보고 있었다. 내게 다가오는 그에게 빙긋 웃으며 물었다.

"그런데 저번에 그 노래, 누구에게 프러포즈한 노래였어요?"

빤한 물음이었지만 나는 그날 그 노래의 순간을 되살리고 싶었다.

"산토리니? 누구긴요. 물으나 마나 혜미 씨죠."

"우리가 언제 산토리니 갔더라? 내 기억에는 없는데 아무래도?"

나는 삐친 체하였다. 그가 빙긋 웃는다.

"그전에 나보고 연인들이 가 봐야 할 섬이라 하셨죠? 그 이후로 줄곧 꿈꿔 왔었지요. 이제는 내게 있어 환상의 섬이 됐답니다. 하하. 다음에 우리 거기 가요."

나는 그 말에 쑥스러워 고개를 떨궜다가 바로 번쩍 쳐들었다. 멀뚱하게 서 있는 그를 바라보며 중얼거렸다.

"그 노래의 속뜻은 뭐예요? 그저 막연한 사랑을 품고, 품으려 했던 거예요?"

그의 표정이 일순 굳었다.

"아뇨."

나는 침을 꿀떡 삼키며 이어질 그의 목소리를 기다렸다.

"산토리니 그 노래는 당신의 번뇌가 뭘까 하고, 내가 조금이라도 알까, 공감할 수 있을까 하여 피땀 흘리듯이 궁리해서 만든 내 속마음이었습니다. 그래서 드디어 밝혀냈다고 까불듯이 마구 불렀던 노래였답니다. 당신을 흠모하며 고귀한 사랑을 담으려 했던 노랫말이었지요. 당신의 속마음까지를 진실로 나의 것으로 만들고 싶었습니다."

나는 더 이상 머뭇거리고 싶지 않았다. 어떻게 귀띔해 줘야 하나.

"언제, 내 아버지를 소개하고 싶은데 어때요?"

내가 넌지시 묻자 그는 매우 들떴다.

"지금 그 말은…, 지금 그러니까 그 말씀이…, 아니지!"

그는 허둥지둥 벗어놓은 윗도리로 다가가더니 거기 호주머니에서 조그만 상자 하나를 꺼낸다. 보석함 같은 거였다. 상자를 열어 반짝거리는 반지를 꺼내 들고는 무릎 꿇고 내게 내밀었다. 앞자락이 슬쩍 벌어진 잠옷으로 허벅지가 볼썽사납게 드러났다.

"이게 뭐야? 이거…."

"사랑합니다. 혜미 씨! 제 마음을 받아 주십시오."

나도 모르게 소파에서 벌떡 몸을 일으켰다.

"이거 지금, 프러포즈예요?"

"그대를 위해 영원한 사랑의 노래를 부를 수 있게 해주십시오."

나는 소리 내어 깔깔 웃었다.

"뭐야? 나는 아주 멋진 모습에, 멋진 순간을 기다렸었는데 이 꼴로, 나도 그렇지 이 몰골로?"

"내 속이 너무 타서 그래요. 심장이 두근거려서 더 이상 이대로는…."

나는 가만히 그에게 손가락을 내밀었다. 그는 허덕거리며 떨리는 손으로 내게 반지를 끼워 주었다. 웃다가 바보처럼 나도 모르게 눈물이 주르륵 흘러내렸다. 긴장한 모습의 그가 몸을 일으키더니 나를 끌어안는다.

"더 힘껏 안아 줘요."

그는 내 영혼이 으스러지도록 껴안았다.

그래요. 수천 년 사랑으로 떠 있는 섬에서 보름달을 맞이해요.

그곳으로 신혼 여행을 떠나요.

7 장

영원하다는 것

매출이 줄고 손님들의 반응도 시원찮아 출연료를 깎아야겠다는 사장의 얘기였다. 반박할 건덕지가 없어 동료들과 상의해 보겠다는 말을 하고 그 자리서 물러났을 뿐 달리 뾰족한 방법이 없었다. 나는 동료들과 함께 있을 그녀에게로 갔다. 의외로 그녀는 동료들과 잘 어울렸고 권하는 술을 마다치 않아서일까. 동료들도 그녀를 좋아하는 눈치였다.

짓궂은 동료들을 숙소 앞에 떨어뜨리고 호텔로 향하던 중, 길가서 다투는 남녀가 눈에 띄었다. 여자 무용수, 채란이었다. 상대의 사내는 한때 동거했다고 하는 그 불량배로 보였다. 나는 그곳으로 달려갔다. 사내와 실랑이 끝에 채란을 폭력과 납치의 위기로부터 헤어나게 해주었다. 고통으로 일그러진 채란의 얼굴을 매만지며 안타까움에 위로의 말을 건넸다. 채란은 아직까지 긴장이 풀리지 않은 듯 식은땀을 줄줄 흘렸다.

"란이야, 병원 가자. 몸이 상했겠어."

"괜찮아, 이 정도는. 집에 가서 쉬면 돼."

"그놈은 대체 왜 자꾸 그런다니?"

채란은 내게 안기며 서럽게 울기 시작하였다. 문득 술 냄새가 풍겼다.

"수야, 내가 나쁜 년이지? 맞아도 싼 년이지?"

"채란이 네가 왜? 자학하지 마라. 그놈 행패에 네가 왜 힘들어해야 해? 그 자식을 혼내 줄 무슨 방법이 있을 거야. 같이 머리를 맞대보자고. 란이야, 그렇담 일단 오늘은 푹 자고 몸이나 잘 추슬러라. 뭔 일 있으면 전화하고. 알겠지?"

지금 당장은 적절한 대응책이 떠오르지 않고 무작정 시간을 끌수도 없어, 우선은 채란을 집으로 돌려보냈다. 승용차로 돌아오자여자가 근심 어린 표정으로 나를 맞는다.

"아까 보니까 그 작자, 매가리가 하나도 없던데 왜 여자를 함부로 패고 그러지? 어휴, 정말."

여자는 아까 일로 흥분한 듯 말투가 거칠어져 있었다.

"전에 봤을 때 그놈 보통내기가 아녔어요. 오늘따라 술에 떡이되도록 취해서 저랬지."

"정말? 그럼, 어떡해. 그러다가 자기가 보복을 당하면 어쩌려고?"

"허어, 괜찮아요. 오늘 밤 일은 기억도 못할 텐데요, 머."

여자와 얘기를 나누면서 껌껌한 도로를 달리다가 문득, 채란이가 들려준 그녀의 어두운 과거가 생각났다. 어려서 고아원에 살았고 이래저래 눈칫밥을 먹으며 살다가 성폭행을 당했고 어쩌다가술집 무용수의 길을 걷게 되었다는 그녀의 푸념을, 술을 마시면서취중에 긴가민가하며 들었었다.

불행이라는 늪에 빠진 사람들이 기를 쓰고 붙잡는 것들마다 어째서 불행의 썩은 동아줄이어야 하냐며 한탄하던 소리들이 귓가에 윙윙거렸다. 불행의 사람들이 헛되이 내뱉는 말들이 아니겠다는 생각이 이제 분명해졌지만, 왜 그래야 하는지는 도무지 그 이유를 알 수 없었다. 이런 내 심정을 느꼈는지 어쨌는지 여자가 혼잣소리로 그런다.

"한쪽에서는 '업인과보'라 그러고. 신의 뜻, 죄의 벌, 심은 대로 거둔다고 그러고. …하지만 너무 가혹해. 다 허튼소리야."

우리는 호텔에 묵었다. 능글맞도록 태연했던 유럽 때의 분위기와 달리 여기는 한국이라는 사실이 의외로 나를 머뭇거리게 했다. 게다가 오늘 밤에 쓰나미처럼 한꺼번에 몰아쳤던 격정의 순간들이 새삼스레 나를 팽팽한 긴장감으로 몰아갔다.

"왜 그러고 있어? 먼저 씻어요."

샤워하자, 비로소 본래의 나로 돌아오는 기분이 들었다. 점차 흥분이 가셨고 마음이 푸근해졌다. 소파에 앉은 그녀를 잠옷 바람으로 마주해도 별다르지 않았다. 여행을 함께하면서 같은 공간에서 잠들어도 아무 문제 없었던 삶은 이곳에서도 매한가지였다.

그런데 이게 뭐지? 프러포즈의 노래라며 불렀던 산토리니, 그 노래를 그녀가 뒤늦게 되새기고 있는 게 아닌가. 그것은 내 사랑의 고백에 대하여, 지금의 자신 또한 억누를 수 없는 심경에 사로잡혀 있음을 이제야 내게 귀띔하는 속삭임으로 들려왔다. 그래서 울부짖었다.

"그 노래는 당신의 영혼을 향한 내 사랑의 고백이었습니다. 당신을 흠모하며 영원한 사랑의 비밀을 풀려 했던 노래였지요. 당신의 속마음을 참으로 밝혀내고 싶었습니다."

신음처럼 절절한 내 말에 여자는 감동받은 듯, 영혼이 흥거워하는 듯하였다. 나는 모처럼 용기를 내어 그녀에게 내 사랑을 고백하였다. 형식은 아무 문제가 되지 않았다. 나는 일찌감치 준비해 뒀던 금반지를 꺼내 들고 그녀에게 내밀었다. 뭐라 주절거렸는지 머릿속에서 가물거리지만 아무튼 사랑한다는 소리를 계속해서 되뇌었던 것 같다. 사랑하니 이내 청혼을 받아달라고….

여자는 무릎 꿇은 내 앞으로 하얀 손을 내밀었고 드디어 내 사랑을 받아 주었다. 나는 감격하여 그녀를 와락 끌어안았다.

"더 힘껏 안아 줘요."

그녀의 달콤한 목소리가 내 귓가에 메아리쳤다.

그래요. 언제까지고 껴안을게요. 영원히 말이에요.

우리는 껴안은 채로 잠들었을 뿐이다. 부둥켜안고 자는 것만으로도 충분하였다. 희열과 안락의 깊은 잠에 빠져들 수 있었다.

남자와 함께 산골 읍내에 사는 어머니를 만나러 갔다. 순박하기 이를 데 없는 그의 어머니는 혼자서 추어탕집을 꾸리고 있었다. 동생의 연락을 받고 인근 도시에 거주하는 그의 형이 부리나케 달려왔다.

우리는 추어탕에다, 간식으로 어머니의 정성어린 손맛이 담긴 만두를 빚어 먹었다.

"어쩐다니. 철딱서니 없는 놈을 이 고운 처자가 어찌 간수하려고."

그의 어머니는 시종일관 자기 자식을 거둬 줬다며 내게 말끝마다 감사의 인사를 덧붙이곤 하였다.

"아고, 엄마는? 이 몸이 어디가 어때서 참말로. 하하."

그의 가족을 만나고 보니, 내 아버지를 어서 만나 봐야겠다는 생각이 꿈틀거렸다.

드디어 아버지와 새엄마를 만나러 교회 사택의 문을 두드렸다. 물론 나 혼자였다. 그와 함께하기 전에 우선 내가 먼저 아버지의 마음을 파악해 두고 싶었다. 어떠한 갈등의 모습도 그에게 보여주기 싫었다.

아버지 옆에 새엄마가 앉았고, 나는 그와의 만남과 결혼에 관해 이것저것을 들려주었다. 무미건조하게 묻고 답하는 과정이 끝난 뒤, 아버지가 그랬다.

"열 살이나 많다가 이번에는 일곱 살이 적다가, 이게 뭐냐. 그래도 네가 좋다니까 어쩌겠냐. 그래, 무명가수라면서 밥 먹고 사는데는 지장이 없겠냐? 여하튼 네가 잘 판단해서 결정한 일이라 생각하고 싶다. 아버지는 할 일이 있어 이만 교회에 나가 봐야겠다. 네 엄마하고 얘기 나누어라. 그리고 나중에 돌아갈 때 잠시 목양실로 들려라. 아버지가 따로 할 말이 있다."

아버지가 일어나 거실을 나서자 새엄마가 덥석 내 손부터 잡는다.

"혜미야, 그동안 이 엄마가 너무 무심했다. 용서해다오. 오직 네 아버지, 목사님을 내조하는 데에만 열중하다 보니 네게 무관심도 했고 엄마로서 뭐 하나 제대로 해준 것도 없었다. 이제 너도 결혼한다니 남편 내조도 할 테고 곧 아이도 가질 테지. 그때 되면 이 엄마의 노고도 알게 될 거다. 혜미야, 이제 그만 화 풀고 이 엄마랑 화해하자. 내가 잘못했다. 용서해라."

지금 봐도 새엄마의 얼굴은 주름 하나 없이 곱고 예쁘다. 교인들로부터 사모님 소리를 듣기에 어울릴 정도로 얼굴에 온화한 미소가 넘쳐흐른다. 여태까지 나는 이런 새엄마의 모습을 그저 외면하기만 했었는데 이제는 내 속마음을 말해 주고 싶었다. 아니 언니의 편에 서서 이제라도 말해야 했다. 그러하여서 진정한 화해가

가능하다면 그렇게 하고 싶었다.

"왜 그러셨어요? 왜, 유독 불쌍한 언니를 괴롭혔던 거죠? 그 조그만 것이 뭘 알고 뭘 어쨌다고요?"

낮은 소리로 신음처럼 토하는 내 말에 새엄마가 놀라 움찔거린다.

"그건 말이다. 그것은."

"이제라도 저와 아니, 죽은 언니와 진심 어린 화해를 원하신다면 거짓 없이 말해 주세요. 그때 무슨 마음으로 그러셨는지요."

새엄마는 뜻밖의 내 얘기에 잠시 부들부들 떨더니 길게 심호흡을 여러 차례 하고 나서 입을 열었다.

"그때는 내가 어렸었다. 아무것도 모르는 철부지였다. 무작정 네 아버지의 사랑만을 믿고 쫓아왔었다. 사랑 하나면 모든 게 다 되는 줄 알았지. 너희들을 정말로 사랑으로 잘 키우고 싶었었다. 그런데 막상 어떻게 해야 할지를 몰랐어. 내 눈앞에 너희들이 나타나자 겁부터 더럭 났어. 양육에 대해 아무 생각이 없었던 거야. 나는 달아나고 싶었어. 너희들로부터, 그리고 네 아버지로부터도 벗어나고 싶었어. 이놈의 사랑이 뭔지, 그때 후회 참 많이 했었다. 내 나이 겨우 이십 대 초반이었어. 때늦었지만 이제라도 너에게 그리고 주님을 바라보며 진정으로 회개한다. 내가 잘못했다."

그녀가 눈물을 흘린다. 이 정도로까지 뉘우칠 줄은 미처 몰랐다. 더구나 그때 그녀 나이가 이십 대 초반이었다는 말이 내 심장을 후벼 팠다. 나는 더 이상 과거를 들추어내서는 안 되겠다는 생각이 미쳤다.

"알겠습니다. 언니도 새엄마의 고백을 하늘나라에서 들었을 거예요. 저도 앞으로는 새엄마의 진심을 이해하고 잘 지낼 수 있도록 노력해 볼게요. 이제 가 보겠습니다. 진정하시고 좀 쉬세요. … 참, 언니가 그때 그랬던 것 같아요. 막상 떠나려니 무섭고 떨리지만 모두 용서할 수 있겠다고. 모두가 불쌍한 사람들이라고, 그랬던 것 같아요."

나는 몸을 일으키면서 문득 의문이 스쳤다. 그게 왜 이제야 생각났을까? 방금 말한 이 기억이 사실 그대로인지 확신할 수 있을까? 증오와 분노에 들끓다가도 막상 죽음 앞에서는 최고의 선을, 신을 만나며 그 품에 안길 테니 분명 그랬지 않았을까.

손수건으로 눈물을 닦으며 흐느끼는 새엄마를 뒤로하고 현관문을 나섰다. 새엄마가 뒤따르며 그랬다.

"고맙다. 엄마 마음을 이제 알아주는구나. 그래도 내 나름대로 너희들을 잘 키워 보려고 일부러 아이를 갖지 않았어. 내 아이 없이 그저 너희들만을 바라보고 살려고 했다."

이게 또 무슨 소리지? 내가 그때 잘못 들었다고? 그럴 리가 없다. 이것은 끝끝내 떨치지 못하는 자기변명일 뿐이다. 나는 뒤돌아보지 않고 빠른 걸음으로 근처에 있는 교회로 향했다. 더 이상 되새김질을 하고 싶지 않았다.

아버지는 목양실 책상에 앉아 설교할 원고를 다듬고 있었다.

"엄마하고 얘기는 잘된 거냐?"

대꾸 없는 나를 안경 너머로 힐끗 보더니 서랍에서 봉투 하나를 꺼낸다.

"결혼 준비하려면 목돈이 필요할 게다. 아껴서 써라."

나는 순간적으로 멈칫거렸다.

"왜? 안 받을 거냐?"

나는 그 소리에 얼른 다가가 봉투를 집어 들었다.

"고마워요. 유익한 데 쓰겠습니다. 이만 갈게요."

나는 돌아서서 걸어나갔다.

"언제 또 올 거냐? 그 청년 한 번 데려와. 얼굴은 봐야지."

나는 걸음을 멈추고 아버지를 바라보았다. 그리고 빙긋 웃어 보였다.

"알겠습니다. 아버지, 그럴게요. 그리고… 이제, 새엄마랑 화해했어요."

화해를 알렸다. 사실이야 어떻든 선으로의 의지를 비친 새엄마의 마음을 받아들이기로 했다.

그 후, 우리는 아버지와 새엄마를 찾아뵀었고 만찬을 함께 하였다.

"주님께서 너희 가정을 축복해 주실 게다. 아무쪼록 잘살도록 해라."

"네, 아버님. 명심하겠습니다. 행복하게 잘살겠습니다."

붙임성 좋은 남자의 입담 덕분에 그럭저럭 가족 같은 분위기가 만들어져 한편으로 나도 기뻤다. 이렇게 해서 가족이, 가족의 사랑이 회복되는 것인가 싶었다.

우리는 한 번씩 서로 오가며 밀회를 즐겼다. 그러다가 낙엽이 지고 삭풍이 문풍지에 달라붙을 때 그로부터 뜻밖의 전화를 받았다.

"서울의 프로듀서가 우리와 계약을 맺자고 하네요. 여기 와서 직접 우리 노래를 들었는데 신선해서 좋답니다. 새로운 노래도 추가로 만들어서 음반을 내자고 하네요."

"지금 이거 좋은 소식 맞지? 후훗, 정말 축하해."

"아하하, 이제 본격적으로 용트림 한 번 해야죠. 동료들도 지금 의기충천해 있어요. 참, 거기는 눈이 안 와요? …"

그녀는 언제나 밤늦어 영산에 왔다. 그리고 내가 즐겨 거닐던 바닷가를 함께 걸었다. 그럴 때마다 새로운 기분이 들었다. 마치 유럽 여행 중에 마주친 그날의 희열로 되돌아가는 기분이었다.

밤 바닷가의 서늘한 기운이 얼굴을 적신다. 그녀는 이따금 내 팔을 붙들며 얼굴을 묻는다. 는개 닮은 밤바람의 상큼한 감촉에 그녀의 살갗이 마구 간지럼을 타나 보았다.

"참, 생각나네. 시디… 아직 들어보지 못했어."

"왜?"

"내 노트북에 시디롬이 없어. 집에 오디오 설치도 안 됐지."

"오, 이런. 음악에 진짜 관심이 없었군요?"

"후훗. 이제부터는 관심을 가져 볼게요. 됐지?"

서로가 말은 그렇게 했지만, 세상에 음악을 싫어하는 사람이 어디 있겠는가, 삶 자체가 노래이고 연주인 것을. 적어도 그녀는 내 노래에 깊은 애정을 지닌 게 분명하였고 그것만으로도 충분한 것이다.

우리의 안정된 삶을 준비하려는 까닭인 듯 그녀는 취직 문제로 연일 바빴다. 한편으로 밤무대 가수라는 내 직업을 그녀의 부모가 탐탁지 않게 여길 거라는 생각에 때로 의기소침하여 머뭇거렸다. 이런 나의 심정을 눈치챘는지 그녀가 그랬다.

"아버지를 뵈었어요. 물론 허락을 얻었지. 자기를 한 번 보재."

"다행이네요. 어떻게 뵙죠?"

여자는 내게 명함을 내밀었다.

"우선 자기가 먼저 전화해 봐. 아버지가 뭐라는지."

나는 그녀의 아버지와 몇 번의 통화 끝에 간신히 만날 수 있었다. 먼저 따로 만나자는 거였다. 나는 이 얘기를 그녀에게 알렸고, 그녀는 고개를 갸우뚱하면서도 그러라고 하였다.

장인어른이 될 그는 내게 뜻밖의 제안을 하였다.

"그 나이 되도록 무명이면 이미 판가름났다는 소리 아닌가. 쯧 쯧. 자본사회에서 그 힘이라도 빌려야 그나마 행세라도 할 수 있겠지. 내가 도와주지. 하지만 절대로 내 딸이 눈치채서는 안 되네. 자, 말해 보게. 구체적으로 뭐가 필요하지?"

그는 앨범 제작에 있어 이번 한 차례만 지원하겠다고 하였다. 그 후로는 알아서 성장해야 한다는 충고를 덧붙였다.

우리는 시골에 사는 어머니와 형을 그 후로도 여러 차례 찾아뵈며 오붓한 시간을 보냈다. 그녀는 어머니와 함께 음식을 만들고 같이 잠자리에 드는, 그런 만남을 즐거워하는 것 같아 흐뭇했고 마음이 놓였다.

우리는 매일같이 전화로 속삭였고 서로 오가며 눈빛을 나누었

다. 그러다가 음반 제작이 비로소 본궤도에 오른 어느 날, 눈이 평
펑 쏟아지던 겨울날 오후 세 시쯤에 비로소 그녀에게 음반 제작
소식을 알렸다.

"서울에서 프로듀서로부터 연락이 왔는데 우리 블루드래곤과 계
약을 맺자고 하네요. 음반 낼 때 유명 작곡가의 곡도 함께 넣자는
데 까짓 좋다고 했죠, 머."

그녀는 영문도 모르고 기뻐하였다. 아버지의 도움을 알게 되면
어떤 반응을 보일까? 과연 그녀 아버지의 우려대로 혐오감을 드러
낼지가 의문이었다. 물론 그녀에게 아무런 미안한 감정이 일지 않
았다. 그녀를 속인다는 느낌이 없었고 이것이 반칙이라는 생각도
들지 않았다. 자식을 생각하는 아버지의 애틋한 마음이라고 그냥
받아들여도 좋지 않을까?

"자기야, 지금 꿈만 같아. 이거 좋은 소식인 거 맞지?"

"이제야말로 우리 밴드의 실력을 발휘해야죠."

"정말, 정말 축하해."

"하하. 동료들도 지금 의기충천해 있어요."

그 후로 우리는 자주 만났다. 클럽에서의 연주 횟수를 일주일에
한 번으로 대폭 줄이고 서울 스튜디오에 머무는 기간이 늘어나면
서였다.

“깔깔깔. …흐흠, 이 봄 냄새.”

아하하. 남쪽 바다에서 나를 보려고 한껏 달려온 남자의 푸근한 몸을 끌어안자 봄을 알리는 꽃향기 바람이 얼굴에 물씬 피어올랐다. 봄빛이 찬란하게 빛났고 그와 동료들이 서울에 머무는 날이 길어졌다. 드디어 스튜디오에 연습실을 차리고 녹음을 위한 막바지 단계에 들어간 것이다.

“이번 앨범의 반응이 좋으면 서울로 진출하자고 그러네요. 콘서트 투어도 하고요. 음반을 알릴 홍보팀이 슬슬 움직이고 있대요.”

나는 이때부터 일부러 그와의 만남에 신중하였고 그도 내 뜻에 따랐다. 온 신경을 오로지 음악에만 쏟아야 하지 않겠나 싶었다. 그가 신곡 연습으로 한창 바쁠 때 스튜디오로 나를 불러내어 이랬다.

“난 꼭 이룰 거야. 그래야 이 땅에 집을 짓고 혜미 씨와 사랑을 나눌 수 있으니까. 영원한 노래를 부를 수 있을 테니까.”

나는 두 군데의 대학에 초빙되어 한 강좌씩 맡았고, 새 학기부터 강단에 섰다.

"그러고 보니 아직 혜미 씨가 뭘 강의하는지도 몰랐네?"

"새내기들에게 개론을 가르치는 정도야. 영문학."

어느덧 벚꽃이 활짝 핀 봄날이 되었을 때 그의 녹음 작업도 무사히 마쳐졌다. 서울 스튜디오에 머무르고 있는 그로부터 전화가 걸려 왔다.

"내일 인터넷에 음원이 먼저 출시될 거라 하네. 음악 마니아들이 어떤 반응을 보일지 한편으로 초조해. 혜미 씨, 점심이나 같이할까요?"

"그래요. 같이해. 마침 오후 강의가 있어 그러는데 이쪽으로 와줄래요?"

나는 우리가 같이할 식당의 위치를 일러주었다. 지하철 입구에서 바로 거기니까 찾는데 어려움은 없을 것이다.

"선생님, 점심 먹으러 가요."

학생들이 우르르 몰려왔다.

"미안해서 어쩌지? 오늘 선약이 있어."

"에이, 누군데요? 애인이에요?"

"후훗, 비밀. 아니, 그래 맞아 애인이야. 모처럼 오붓하게 데이트를 즐기기로 했지."

우와! 아이들이 짓궂게 까불더니 우르르 몰려간다. 새내기들이라 이 봄날이, 모든 게 신나고 즐거울 청춘의 나날일 게다. 나는 푸르른 수풀의 캠퍼스를 걸어 교문을 나섰다.

"교수님, 여기요."

누가 나를 불러 세웠다. 내 강의를 듣는 남학생이다.

"시디플레이어가 없다고 하셨죠? 제가 드릴게요."

남학생은 내게 휴대용 플레이어를 내밀었다. 얼마 전 수업 시간에, 내게 오래된 음악 콤팩트디스크가 있는데 플레이어가 없어 듣지 못한다고 했더니 그 얘기를 기억한 모양이었다. 나는 그때 은근히 블루드래곤이라는 밴드를 알리려는 욕심에 그 말을 꺼냈었다.

"학생, 이거 고마워서 어쩐다? 며칠 듣고 돌려줄게요."

"아니에요, 교수님. 몇 년 전부터 서랍에 처박아 뒀던 겁니다. 저는 쓸데없으니 교수님이 쓰세요."

"고마워요, 학생."

"고맙긴요. 혹시 제가 수업 빼먹거든 잘 좀 봐주세요. 가겠습니다."

자기 말을 끝내고는 달아나듯 교문 안으로 들어가 버린다. 나는 플레이어를 만지작거리며 걸음을 옮겼다.

시계를 보았다. 학생들과 마주치는 통에 그만 늦어 버렸다. 거리가 멀지는 않지만 그래도 전화를 해줘야 할 것 같았다. 걸음을 재촉하며 그에게 전화를 걸었다.

"진수 씨, 어디예요?"

"지금 횡단보도 앞이에요. 신호 받고 있는데 저기 건너편으로 식당이 보이네요."

"다 왔네. 나는 약간 늦겠어. 추어탕, 시키고 있어요. 그 집은 추어탕 전문이거든. 자기 어머니 솜씨보다야 못하지만. …여보세요?"

그가 전화를 끊었다. 나는 바삐 길을 걸으면서도 봄바람에 가없이 흩날리는 벚꽃의 세례를 음미하였다.

모퉁이를 돌아가자 널찍한 도로가 나타나고 횡단보도가 보였다. 사고가 났나? 건너편 갓길에 승용차가 후미등을 깜박이며 서 있고 교통경찰들이 분주하게 뭔가를 확인하고 있다. 그것 외에 모든 게 평온하다. 사람들은 저마다의 길을 묵묵히 가고 있었다.

식당 안을 둘러보았다. 그가 보이지 않는다. 나는 화장실로 가서 얼굴을 살피고 옷매무새를 가다듬었다. 어디 들렀다 오나? 그가 여전히 보이지 않아 나는 자리를 잡고 앉았다.

다가오는 종업원에게 물었다.

"혹시 혼자 온 남자 손님 없었어요?"

"네, 없었어요. 뭐로 드실래요?"

"추어탕으로 아니, 이따가 시킬게요. 한 분이 더 오기로 해서요."

"네, 그러세요."

종업원이 가자, 다시 한 번 주위를 둘러보았다. 또 어떤 여자에게 붙들려 있는 건 아니겠지. 나는 그전에 있었던 해프닝이 떠올라 미소를 지었다.

"어떻게 장착하더라?"

나는 손가방에서 콤팩트디스크를 꺼내어 플레이어에 집어넣었다. 이어폰을 꽂고 나서 버튼을 눌렀다.

잠시 후, 그의 오래된 노래가 내 귓가에 들려왔다. 저절로 입꼬리가 뺨 끝까지 올라갔다.

미소가 거기서 영글고 있었다.

그러다가 점점 내 마음이 아파 왔다.

그대를 만나 행복했어요.
이제 내 꿈이 사라진다 해도 슬프지 않듯이
그대도 나 떠난다고 슬퍼하지 말아요.
우리의 사랑은 이대로
영원으로 나아가겠지요.
운명처럼 만난 우리의 사랑을
저 바람과 빗물이 그저 봄빛에
가볍게 시샘하는 것일 뿐